Walter Wemmer

SOKO 60++

**Der satirische Seniorenreport,
der alle(s) aufklärt und
nichts ernst nimmt.**

Wir verarschen uns selbst,
bevor es Andere tun.

Cover: RK-Design,Lieboch

Herstellung und Verlag:
BoD – Books on Demand, Norderstedt
ISBN 978-3-7386-3822-6

Inhaltsverzeichnis Ermittlungsakten

Vorwort und Nachrede:

Wird man pensioniert, öffnet sich ganz urplötzlich eine große Wand.

Die Senioren-Wand. Hinter dieser großen Wand verschwindet das komplette bisherige Leben.

War man im Beruf noch eine begehrte, geschätzte Person, hinter der Senioren-Wand sind Sie nichts mehr. Kein Geschäftspartner kräht nach Ihnen. Kein ehemaliger Kunde. Keiner. Höchstens der Bankdirektor, aber auch nur dann, wenn Sie mit Ihren Krediten nicht rechtzeitig fertig geworden sind.

Sie verschwinden im dunklen Grau hinter der Senioren-Wand. Sie tauchen ein in das Grau der Pullunder und Strickwesten, dem Wahrzeichen der Seniorinnen und Senioren.

Waren Sie kurz vor der Pensionierung für Ihre Mitmenschen noch „sportlich", so sind Sie als Senior für Ihre Mitmenschen plötzlich nur mehr „rüstig".

Waren Sie vorher im Sport noch „aggressiv", so sind Sie als 60++ höchstens nur noch „resolut".

Mit der Pensionierung ändert sich also nicht nur das Ansehen, sondern auch die Wortwahl Ihrer Mitmenschen.

Auch Ihr gesellschaftlicher Standard verschwindet ganz urplötzlich von heute auf morgen hinter der großen

Senioren-Wand. Waren Sie gestern in Ihrer beruflichen Position vielleicht noch umschwärmter Sponsor eines Sportvereines in der VIP-Lounge, so müssen Sie sich heute als Senior bei der Kasse um eine ermäßigte Eintrittskarte anstellen.

Egal, wie viele Jahrzehnte Sie vor Ihrer Pensionierung gearbeitet haben, egal wie viel Sie in diesen Jahrzehnten in die Pensionskasse eingezahlt haben, in den Augen Ihrer jüngeren, noch arbeiten müssenden Mitmenschen sind Sie plötzlich nur mehr ein Parasit, der den Jüngeren sozialen Standard wegnimmt, weil die mit Ihren Abgaben für Ihre Pension aufkommen müssen.

Was die Jungen nicht bedenken ist, dass sie selber alt werden. Früher als sie denken. Und das sie selbst einmal in Pension gehen werden. Später als sie denken. Aber das ist eine andere Geschichte.

Meine Geschichte widmet sich der SOKO 60++, die alle Alltags-und Lebensprobleme der Seniorinnen und Senioren ans Licht bringt und aufklärt. Schonungslos! Restlos! Haarlos! Und wenn es die Zahnärzte nicht gäbe, auch zahnlos!

Die gesammelten Ermittlungsergebnisse lesen Sie auf den folgenden Seiten. Der Einfachheit halber bezeichne ich alle Betroffenen als 60++.

Ermittlungsakte 1:

60++
und Facebook

Wenn man als 60++ schon körperlich öfters stehenbleiben muss, weil einem die Puste ausgeht oder die Beine wieder 2 Tonnen wiegen, geistig sollte man nicht stehenbleiben und sich mit modernen Dingen beschäftigen, zum Beispiel mit Computer und Facebook.

Viele SeniorInnen (immer brav gendern, sonst kommt dieses Buch auf die schwarze Liste der Sonstkeinesorgenhabenden) werden mit dem Begriff „Facebook" nichts anfangen können.

„Facebook? Kenne ich nicht. Habe ich noch nicht gelesen. Wer hat das geschrieben?"

Okay. Zu dieser Gruppe sollte man nicht gehören.

Da ist der Kontakt zu den Enkelkindern wichtig. Fragen Sie einfach Ihre Enkelkinder (die sollen für ihr Taschengeld ruhig auch mal was leisten) was Sie als Seniorin oder Senior tun müssen, um als 60++ up to date zu sein.

Die erste Antwort wird sicher sein „Oma oder Opa, warst schon mal auf Facebook?"

Antworten Sie dann bitte nicht: „Nein, ich war früher mal in Amerika, in Italien, auf Kreta, aber auf Facebook war ich noch nie", sondern sagen Sie einfach ganz intelligent: „Nein, wo liegt denn das?".

„Da auf dem Tisch" wird Ihr Enkerl sagen und Ihnen so einen Hybriden zwischen einem kleinen Laptop und einem großen Handy zeigen.

„Das ist ein Tablet", wird er ganz stolz verkünden....und Sie werden sagen:„Meine Tabletten schauen anders aus...wie soll man das schlucken?".

Ihr Enkerl wird Sie mit einem abfälligen Blick strafen und Sie aufklären.

„Das ist ein Mini-Computer", wird er sagen und Ihnen einen Vortrag über das Tablet und Facebook halten, von dem Sie kein Wort verstehen werden.

Mir ging es genauso. Aber nach 5 Tagen und 3 Packungen Herz-Tablets habe ich es begriffen.

Mein Enkerl hat mich auf Facebook eingeschult!!

Ein gscheiter Bub. Wie gscheit wird der erst sein, wenn er mal zur Schule geht. Er ist erst 4 Jahre alt.

Sagen Sie aber bitte Facebook und nie „Social Network", denn „Social Network" ist für eine oder einen 60++ eher nicht aussprechbar, wenn man seine Zähne behalten möchte.

Oder wie es Wolfgang Ambros formuliert hätte: „Bei Social hauts da schu dös Gebiß aussi, zu Network kummst gor net mehr."

Mein Enkerl hat mir dann auf Facebook einen Account eingerichtet, ja so heißt das, „Account"....er ccount mi a....und hat gemeint, ich kann jetzt schon meinen ersten „Blog" machen.

„A Plog wird das sicher" habe ich gesagt und habe das erste Mal auf Facebook gepostet.

Gepostet. Jetzt weiß ich, wo die Post hingekommen ist, die in unserer Straße letztes Jahr zugesperrt wurde. Die ist jetzt hier auf Facebook.

Als ersten Eintrag habe ich geschrieben „ICH LEBE NOCH"....und habe dann auf „Gefällt mir" geklickt.

Das mache ich jetzt jeden Tag gleich nach dem Aufstehen.

Ich poste „Ich lebe noch" und drücke auf „Gefällt mir" ...und wenn das eines Tages nicht mehr auf Facebook erscheint, dann wissen alle meine Freunde genau „Der Alte ist gestorben".

Praktisch, oder?

Mit Facebook erspart man sich die sündteuren Partezettel in den Tageszeitungen.

Jeder weiß sofort, wann jemand gestorben ist. Ich habe derzeit 67 Freunde und täglich werden es weniger!

Andererseits kommen täglich neue 60++ dazu, das gleicht sich dann irgendwie übers Jahr aus.

Mit Facebook hat jeder ab 3++ bis 60++ eine Plattform, um sein übersteigertes Selbstbewusstsein, sein Anerkennungsbedürfnis und seine geheimen Komplexe, die auf Facebook dann eben nicht mehr geheim bleiben, auszuleben.

Facebook ist ja entstanden, als der NSA und den anderen Spionageorganisationen das Budget gekürzt worden ist.

„Um Gottes Willen, was machen wir jetzt, wir haben kein Geld zum Spionieren mehr.

Katastrophe!

Da hat einer urplötzlich die geniale Idee gehabt: Die „Do it yourself-Spionage!!! Und hat Facebook gegründet.

Facebook. Jeder spioniert sich selber aus und gibt bekannt, was er gerade macht. Jeder berichtet minutiös, was er getan hat und ist noch stolz drauf.

„War heute auf dem Schloßberg in Graz" zum Beispiel.

Sehr interessant, oder? War das eine Erstbesteigung über die Nordwand, weil man das so exklusiv und sensationell auf Facebook posten muss?

Jeden Tag gehen mindestens 500 Leute auf den Grazer Schloßberg, aber nur bei ihm/ihr war das etwas Besonderes, das unbedingt auf Facebook muss. Die NSA freut sich, alle Anderen ärgern sich.

Ein anderer postet ein Foto, das ihn mit einem gefangenen Fisch zeigt, dem er gerade sein imposantes Maul aufreißt, so nach dem Motto „Ich Tarzan, Du Fisch!"

Offenbar denkt er, er ist der erste Mensch, der einen Fisch gefangen hat. „Schaut her, was ich für ein Teufelskerl bin. Ich kann sogar einem wehrlosen Fisch das Maul aufreißen!"

Ja, bist eh der Beste. Und wehe, man schreibt dann einen Kommentar, der sein Orange zerkratzt, wie z.B. „Mir gefallen Fische lebend und ungequält viel besser" oder so.

Dann ist der Teufel los. Dann wird man sofort beschimpft und mit gehässigen Gegenkommentaren überschüttet. Echte Freunde eben.

Oder was auf Facebook auch sehr beliebt ist. Man postet ein Foto, das einem vor einem markanten Hintergrund zeigt und schreibt dazu „Wo bin ich?".

Bei dem einen oder anderen 60++ verstehe ich ja die Frage.

Mancher vergisst in diesem Alter halt schon mal schnell und möchte wissen, wo er ist, damit er weiß, wohin er muss.

Aber meist sind das junge Leute, die das machen."Selfi" nennt man das.

Ich habe immer „Elfi" verstanden und nicht verstanden, weshalb ich eine „Elfi" fotografieren muss. Aus dem Alter bin ich doch schon lange raus.

Viele junge Leute machen also ein „Selfi", zum Beispiel

vor dem Schloss Schönbrunn und fragen dann „Wo bin ich?"

Wozu?

Ich habe gepostet „In Schönbrunn, du Trottel und am besten bleibst gleich dort!"

Wieder ein Freund weniger.

Sehr beliebt sind auch großartige Ankündigungen, wenn wer irgendwohin fährt.

Ist ja auch etwas ganz Sensationelles, wenn jemand irgendwohin fährt.

Da heißt es dann zum Beispiel „Schladming, wir kommen!" oder „Wörthersee, wir kommen!"

Da kann man nur sagen: „Dankeschön für die Warnung". Jetzt haben die in Schladming oder am Wörthersee wenigstens die Chance, woanders hin zu fahren (mit oder ohne Facebook-Posting).

Ich persönlich bin Facebook sehr, sehr dankbar. Ohne Facebook hätte ich nie gewusst, wie viele Trotteln ich kenne!!

Aber ohne Trotteln würde die „Do it yourself-Spionage" nie funktionieren. Die Trotteln posten alles. Die NSA erfährt alles.

„Hier beim Jägerwirt beim Wienerschnitzel." Mit Foto.

Zwei Stunden später „Bin zuhause und muss speiben".
Gott sei dank ohne Foto.

Bin heute mit dem Fahrrad 10 Kilometer gefahren".

Hochinteressant, hat ja noch niemand geschafft.

Zwei Tage später. „Habe mir heute neue Fahrradreifen gekauft".

Eh klar. Bei so exzessiven Radtouren über 10 Kilometer geht schon einiges an Gummi drauf.

Und wenn er oder sie da nicht gleich 10 „Gefällt mir" bekommt, ist er/sie gleich beleidigt.

„Likes"nennt man das, hat mir mein Enkerl noch kurz erklärt, bevor er in den Kindergarten gegangen ist.

Jedes Kekserl, das gebacken wird, wird sofort auf Facebook abgebildet, jedes Shopping wird sofort dokumentiert.

Alles muss auf Facebook, weil jeder ist so einzigartig, so toll und so ein exklusiver Mensch und alles was er tut, ist so sensationell.

Einer postet: „Habe mir beim Skifahren beide Beine gebrochen". 143 Freunde drücken auf „Gefällt mir". Super Freunde, oder?

Oder: „Hatte Autounfall mit Totalschaden". 167 x „Gefällt mir". Wer hat da eigentlich den Totalschaden?

„Liege mit Bandscheibenvorfall im Bett".
75 x „Gefällt mir".

„Heute ist meine Frau verstorben". 1 x „Gefällt mir".
Vom Ehegatten.

Ehrlich gesagt beneide ich jene 60++, die nicht up to date sind und daher gar nicht wissen, was Facebook ist.

Hat seine Vorteile. Man hat noch eine gute Meinung von den Menschen.

Ist man auf Facebook, geht diese Like für Like verloren und man weiß, was „Freunde" wirklich sind: Totale Arschlöcher!

Das Tablet von meinem Enkerl ist übrigens echt klass.

Da gibt es noch viel mehr als nur Facebook. „Da kannst du dir für alles eine App herunterladen", hat mir mein Enkerl freudig mitgeteilt. App???? Herunterladen????

Sorry, ich bin ein Depp und kenn kein App!

No Problem, dafür hat man ja sein Enkerl, damit man alles lernt, was man nicht braucht.

„Wenn du zum Beispiel immer die neuesten Nachrichten erfahren möchtest, ladest dir einfach eine App herunter und du bekommst sofort immer die neuesten Meldungen", hat er mir erklärt.

Mein Radio schafft das ganz ohne App und Herunterladen. Den brauche ich nur einstecken. Aber man will ja als 60++ nicht ganz altmodisch sein. Also Tablet und App.

Mein Enkerl hat mir folgende Apps installiert. Ein Navi-App, damit ich nach Hause finde, wenn ich mal Alzheimer kriege. Netter Bub. Nur habe ich dann vermutlich auch vergessen, wie man das Tablet bedient.

Eine Schrittzähler-App. Jetzt muss ich immer mit dem Tablet spazieren gehen. In der einen Hand den Stock, in der anderen das Tablet.

Dass sich das depperte Tablet selber trägt, dafür gibt es leider noch keine App.

Eine Herzfrequenzüberwachungs-App. Als 60++ ganz wichtig!

Jetzt weiß ich ganz genau, wann ich umfallen muss, nämlich dann, wenn die App keine Herzfrequenz mehr anzeigt. Oder ich schaffe es dann doch noch schnell zu einem Arzt. Mit der Navi-App.

Eine Wetter-App. 60++ sind ganz verrückt danach, zu wissen, wie das Wetter ist.

Altmodische Menschen schauen noch beim Fenster hinaus, moderne 60++ erfahren das per App.

Die Jugend löst alle Lebensprobleme nur noch mit Apps.

Kein Mädchen fürs Wochenende? App herunterladen

und schon hat man eine. Man lernt sich per Chat kennen.

Sie wissen nicht, was „chatten" ist? Auch 60++, was?

Also laut Enkerl trifft man sich beim Chatten online in einem virtuellen Raum und spricht miteinander. Nur das man den Anderen nicht sieht.

Das ist wie bei einem Kaffeekränzchen der 60++.

Die sitzen sich zwar real gegenüber, sehen sich aber meist auch nicht, weil sie ihre Brillen zuhause vergessen haben.

Es gibt schon viele Ehen, wo sich die Partner online kennengelernt haben. So „Partner aus der Wundertüte" faktisch.

Viele davon lernen sich dann erst bei der Scheidung persönlich kennen, weil die Hochzeit hat man per „Trauungs-App" durchgeführt.

Fast alle Apps gibt es übrigens auch für „Smartphones".

Für alle 60++, die dieses Wort nicht kennen, gibt es Seniorenhandys. Das sind Handys mit so großen Knöpfen, dass man auch mit 10 Dioptrien ohne Brille alles klar erkennen und die Tasten notfalls auch mit der Nase treffen kann.

Diese Seniorenhandys können irrsinnig viel. Mit denen

kann man telefonieren. Oder telefonieren. Oder telefonieren. Oder telefonieren. Nein, mehr können die nicht.

Maximal gibt es als Extra zwei Notrufknöpfe. Einen roten für die Rettung und einen schwarzen, wenn es einem ganz ganz schlecht geht.

Der verständigt dann die Erben, die dann mit ihren Smartphones per App Champagner, Kaviar und Hawaii-Reisen ordern, weil bald Geld ins Haus steht.

Natürlich alles nur zur Trauerbewältigung.

Ich als Technikinteressierter mit wissendem Enkel habe natürlich kein Senilhandy, pardon, Seniorenhandy, sondern ein hochmodernes Smartphone.

Moderner als das von meinem Enkel, aber ich kriege auch mehr Pension als er Taschengeld.

Und ich kann mit meinem Smartphone sogar perfekt umgehen!! Ich kann damit fotografieren, Videos aufnehmen, Höhen messen, ich kann damit mein Auto navigieren, ich kann damit Radio hören, ich kann damit fernsehen, ich kann damit Temperaturen und Entfernungen messen, ich kann es als Taschenlampe verwenden, ich kann damit im Internet surfen, ich kann damit Pizza bestellen, ich kann mir damit die Erde von oben ansehen, ich kann damit Parkscheine ersetzen, und, und, und.....

Nur wie ich damit telefonieren kann, habe ich noch nicht

herausgefunden. Aber dafür habe ich ja mein Enkerl. Vielleicht gibt es auch eine App, die mir das erklärt.

Wie gesagt, die Jugend löst alles mit Apps.

Liebeskummer? App herunterladen!

Lernprobleme? App herunterladen?

Bienensterben?

Neue Bienen herunterladen!!

Umweltprobleme? Eigene Welt herunterladen!!

Wenn die Jugend merkt, dass das nicht funktioniert, wird es für die Welt zu spät sein. Die Welt wird aussterben und von einer Bestattungs-App begraben werden (Google **Earth**??)

Und wenn irgendwann in vielen Jahrtausenden wieder einmal eine neue Welt entsteht, werden sich die zukünftigen Bewohner wundern, wenn sie beim Graben Milliarden von Tablets, Laptops und Smartphones finden....

Und werden sich freuen, wenn sie Feuer machen können, indem sie zwei Smartphones aneinander reiben.

Und alles wird von vorne beginnen. Von der Urzeit bis zu den Apps für 60++.

Ermittlungsakte 2:

60++
und Altersheim

Wenn man als 60++ absolut nichts von modernem Leben mit Tablets, Laptops und Smartphones wissen möchte, zieht man sich einfach zurück.

Man geht ins Altersheim und pfeift auf die Welt.

Aber es gibt außer den 60++ noch eine Gruppe, die sich gerne ins Altersheim zurückzieht: Die Ungarinnen, die Tschechinnen und die Slowakinnen. Die verdienen dort ihr Geld als Pflegerinnen.

Dort oder im Laufhaus.

Aber ich möchte auf keinen Fall ins Altersheim, trotz der Ungarinnen, Tschechinnen und Slowakinnen.

Ich habe seinerzeit mit meiner Mutter, die ins Senioren-heim musste, viel zu viel mitgemacht.

Bei meiner Mutter ist es im Seniorenheim ständig zu schweren Misshandlungen gekommen.

Diese körperlichen Misshandlungen waren so schwer-wiegend, dass ich meine Mutter wieder aus dem Seni-orenheim nehmen musste.

Meine Mutter hat 4 Pflegerinnen KO geschlagen und 2 weitere am ganzen Körper zerkratzt!

Sie hielt nämlich ganz und gar nichts vom Altersheim und hat alles unternommen, damit sie wieder hinaus-geschmissen wird.

Da hat es auch gar nichts geholfen, dass sogar die Heimleiterin meiner Mutter ins Gewissen geredet hat, sie solle mit den Misshandlungen aufhören.

Wissen Sie, was meine Mutter zur Heimleiterin gesagt hat?

„Ich weiß, wo dein Auto steht", hat sie gedroht.

Da habe ich sie wieder aus dem Heim nehmen müssen und sie zuhause gepflegt. Durchs Fenster. Weil das Spezial-Pflegebett war so voluminös, dass ich keinen Platz mehr im Zimmer hatte.

Ja, das sind Probleme im Alter. Als junger Mensch denkt man da gar nicht dran.

Weshalb auch? Als Komasäufer bleibt einem das ohnehin erspart.

Aber es gibt Gott sei dank auch Alternativen zum Altersheim.

Heiraten zum Beispiel. Das ist faktisch die bessere Variante von betreutem Wohnen. Oder auch nicht. Hängt davon ab, wen man heiratet. Oder man entscheidet sich für von Hilfsvereinen organisiertes, betreutes Wohnen

Da ist man zwar in einem Heim, glaubt aber nicht, in einem Heim zu sein, sondern in einer eigenen Wohnung, wo halt ab und zu jemand vorbeikommt, um nach dem Rechten zu sehen.

Zum Beispiel die Feuerwehr, wenn man vergessen hat, den E-Herd abzuschalten.

Beim betreuten Wohnen gibt es immer Action!

Betreutes Wohnen ist nicht so fad wie ein Altersheim, wo man höchstens einmal eine Gaudi hat, wenn ein Bewohner am frisch gewachsten Boden mit seinen Krücken ausrutscht und dann mit der Krücke daliegt, wie früher der Christoph Sumann beim Biathlon.

Beim betreuten Wohnen ist alles viel, viel vielseitiger und interessanter.

Wenn zum Beispiel eine Betreuerin vorbei kommt und sagt, dass um 10h alle ins Hallenbad können, dann weiß man, die Nachbarin im Nebenzimmer hat vergessen den Wasserhahn abzudrehen und der Keller steht unter Wasser.

Da gibt es einfach viel mehr Abwechslung.

Eine gute Aktion ist auch, wenn man den Insassen den Kontakt mit Tieren ermöglicht.

Mein Freund hat seine Frau beim betreuten Wohnen untergebracht und die Heimleitung hat ihm erlaubt, dass er seiner Frau ein Tier mitbringt.

Der ist sofort die ganze Stadt abgerannt, aber es war weder eine grüne, noch eine schwarze Mamba aufzutreiben.

Jetzt erinnere ich mich, die beiden haben sich die letzten Jahre wirklich nicht mehr gut verstanden.

Nachdem keine Mamba zu kriegen war, hat er sich für einen einfachen Rottweiler entschieden.

„So ein schöner Hund" rief seine Frau begeistert. Das waren ihre letzten Worte. Der Rottweiler lebt jetzt wieder beim betreuten Wohnen im Tierheim.

Es gibt ja Altersheime, die sind keine Altersheime. Das sind Seniorenresidenzen. So schön wie Sternehotels. „Hotel Inkontinental!"

Woran erkennen Sie, ob Sie sich in einem normalen Hotel oder in einer Seniorenresidenz befinden?

An der Rettungsgasse! Wenn in einem Hotelgang links und rechts Rollatoren stehen, dann befinden Sie sich in keinem Hotel, sondern in einer Seniorenresidenz.

Ich möchte jedenfalls niemals in ein Altersheim, in keine Seniorenresidenz, in kein Hotel Inkontinental oder wie es auch in ein paar Jahren sonst heißen wird.

Wenn schon, dann möchte ich in ein Tierheim, weil mit Tieren habe ich mich immer besser verstanden als mit Menschen.

Aber ich komme in gar kein Heim, weil ich halte mich fit und gesund.

Zum Beispiel mit Sex.

Ermittlungsakte 3:

60++
und Sex.

Eigentlich hätte ich dieses Thema als erstes behandeln müssen, damit es vorbei ist, denn die 60++ sind beim Sex immer froh, wenn es schnell vorbei ist.

Dann hat man wieder seine Ruhe und kann sich auf wichtigere Dinge konzentrieren, Fernsehen zum Beispiel.

Doch zu aller erst gilt es, ein weit verbreitetes Vorurteil aus der Welt zu schaffen:

Als 60++ Mann ist man nicht automatisch impotent!!

Ganz und gar nicht. Nur die Lust lässt nach. Man kann zwar, will aber nicht mehr unbedingt!

Weil es wichtigere Dinge gibt. Siehe oben.

Es gibt aber noch mehr Gründe, weshalb 60++ Männer nicht mehr wollen, obwohl sie könnten.

Da wäre einmal die Altersweisheit. Man lädt nicht mehr wie früher eine Frau 10x zum Essen ein und geht mir ihr stundenlang ins Tanzlokal hopsen, nur damit man dann irgendwann einmal ein halbes Stünderl Sex mit ihr haben kann.

Das machen Männer mit 60++ nicht mehr!

Die essen um dieses Geld lieber 20x alleine. Das ist Altersweisheit!

Die Lust auf Sex vermindert sich aber bei den 60++

teilweise auch aus Bequemlichkeit oder weil man einfach körperlich nicht mehr so einfach zueinander findet.

ER 120 Kilo mit 2 Meter Bierbauch vorneweg, SIE 95kg mit 1 ½ Meter Sahnetortengarage. Wie soll man da sexuell zusammenkommen??

Viele 60++ unterliegen dem Trugschluss, dass Kondition von Konditorei kommt. Fataler Irrglaube!

In jungen Jahren ist man beim Sex geschmeidig aufeinander herumgeturnt. Das geht halt als 60++ nicht mehr. Das hat nichts mit Impotenz oder mangelnder Libido zu tun.

Das Liebesspiel wird zum Geduldsspiel. Man braucht Zeit. Viel Zeit!

Wenn mein Freund mit seiner Frau ins Bett geht, so vergeht die erste halbe Stunde schon damit, bis seine Frau eine bequeme Liegeposition gefunden hat, wo ihr die Bandscheiben nicht zu sehr schmerzen und die künstliche Hüfte einigermaßen gerade liegt.

Dann kommt er. Er setzt sich auf den Bettrand, hebt mühsam seine künstlichen Knie in die Höhe und rollt sich noch mühsamer zu seiner Frau, die wegen ihrer Bandscheiben laut aufschreit.

Das war der erste Höhepunkt! Der konditionelle Höhepunkt. Fehlt noch der sexuelle.

Mein Freund erinnert sich an Luis Trenker und versucht mit allen Kräften, seine Frau zu erklimmen.

Die Bäuche verschmelzen sich zu einer undefinierbaren Klumpenmasse und das war es dann auch schon, denn bei zwei Dickbäuchen ist selbst ein Penis in Gartenschlauchlänge zu kurz.

Was tun, um zum sexuellen Erfolg zu kommen?

Richtig. Stellungswechsel!

Schatzi, mach mir bitte das Hunderl, auch wenn wir im Laufe der Jahre von Zwergrattlern zu Bernhardinern geworden sind. Schatzi bitte!

Seine Frau schafft es schon beim 7. Anlauf, sich mit Schwung auf die Seite zu rollen und trotz künstlicher Hüfte auf die Knie zu kommen.

Ich habe gesagt, mach mir das Hunderl, nicht den Elefanten!

Okay. Mein Freund schafft es bereits nach 5 Versuchen, auf seine künstlichen Knie zu kommen. Er war schon immer ein Sporttalent. Die Knie halten. Beste Qualität vom LKH auf der steirischen Stolzalpe. 60++sexstabil!

Er rutscht nun auf seine Knien zu seiner Frau und singt dabei „Der Mond ist aufgegangen!"

Jetzt nach insgesamt 1 ½ Stunden könnte es passieren,

wenn es nicht passieren würde: Die Männlichkeit hat sich zur Ruhe begeben.

Keine Erektion hält 1 ½ Stunden! Auch bei jungen Männern nicht.

Die ganze Mühe umsonst. Frust statt Orgasmus.

Gut, mit Viagra könnte mein Freund seine Erektion vielleicht auf 3 Stunden ausdehnen. Dann könnte es klappen.

Aber erstens darf man demenzbedingt nicht vergessen, sein Viagra einzunehmen und zweitens gibt es bei vielen 60++ Männern dann Probleme mit dem „Rollator danach"....mit einer Erektion erreichen sie die Griffe des Rollators nicht mehr und können nicht pinkeln gehen!

Da schimpft dann die Pflegerin. Außerdem ist man als 60++ bei einer längeren Erektion immer verunsichert.

Ist das noch eine Erektion oder schon die Leichen-starre?

Generell hat man als 60++ Mann viel härteren Sex als in der Jugend. Man tut sich einfach härter!

Früher hat man 2 Stunden benötigt, um mit dem Sex fertig zu werden, heute als 60++ benötigt man 2 Stun-den, um mit dem Sex anzufangen.

Dafür weiß ich heute mit meiner Lebenserfahrung, wie lange der ideale Sex dauert. Am Sonntag zum Beispiel exakt 91 Minuten.

90 Minuten dauert das Vorspiel (zum Beispiel Sturm Graz gegen Rapid Wien im Fernsehen) und 1 Minute der Geschlechtsakt.

Außer der Schiedsrichter lässt nachspielen, dann dauert mein Vorspiel natürlich um diese Zeit länger.

Aber wie gesagt. Als 60++ ist Sex auch bei bester Potenz nicht mehr so einfach.

Jetzt sehe ich sie schon kommen, die ganzen Besserwisser mit ihren unverlangten, guten Ratschlägen.

Wieso macht ihr 60++ Liebe nicht auf französisch? Da sind die künstliche Gelenke wurscht!

Denkste, Besserwisser! Nicht mit Zahnprothesen!

Da kann es passieren, dass die Frau dann keine Haare auf den Zähnen, sondern Zähne in den Haaren hat! So schaut's aus.

Am besten man stellt auf „Morgensex" um und sagt einfach immer: „Machen wir morgen".

Je mehr künstliche Gelenke die beiden 60++ Liebespartner aufweisen, umso größer ist das Bedürfnis nach Ersatzbefriedigungen.

Ich denke mir immer öfter, weshalb soll ich mühsam,

umständlich und patschert auf meiner Mitzi herum-
turnen, wenn doch eine Pizza auch so schöne
Rundungen hat?

Eine Pizza strengt auch nicht so an. Hinterher schlafen
kann ich bei einer Pizza auch. Und eine Pizza sagt nie
hinterher „Das war aber schwach, Schatzi".

Eine Pizza ist viel dankbarer. Und eine Pizza erfüllt zu
100% den Wunsch, den viele Männer nach dem Sex mit
ihrer Partnerin haben: sie ist nach dem Genuss weg!!
Eine Frau ist nach dem Genuss immer noch da. Und
meckert.

Außerdem: Wo kriegt man um € 8,50 eine Frau? Nicht
einmal in Tschechien.

Und schon gar nicht in verschiedenen Geschmacksrich-
tungen, wo du dir die Extras noch selber aussuchen
kannst.

Eine Pizza ist die perfekte Geliebte!!

Der Hauptgrund, weshalb die Lust bei den 60++ nach-
lässt, ist aber, dass der Partner mitgealtert ist.

Wer möchte schon mit einer 60++Frau oder mit einem
60++ Mann schlafen?

Außer man möchte tatsächlich nur schlafen und sonst
nichts. Alt ist man ja schließlich selber.

Und junge Männer oder Frauen bekommt man als 60++

nicht ins Bett.

Zumindest nicht unter € 500.-!

Also sinkt bei älteren Menschen die Lust schneller als die Titanic.

Dennoch kommen auch bei 60++ One Night Stands vor.

Wenn das Licht im Lokal sehr dunkel ist.

Wenn die Frau sehr sehr gut geschminkt ist.

Wenn der Mann ein sehr sehr gutes Toupet trägt.

Wenn man gemeinsam sehr sehr viel Alkohol getrunken hat.

Und beide vielleicht noch eine gelbe Armbinde mit schwarzen Punkten tragen.

Dann funktionierts!

Wenn es dann bei den 60++ gefunkt hat, kommt die un-vermeidliche Frage: Gehen wir in dein Altersheim oder in meines?

Dann kommt es zum so genannten „One Heim Stand". Ob die sogenannten „Heimkinder" durch die 60++ ent-standen sind, konnte nicht eindeutig geklärt werden.

Für die meisten 60++ kommt jedoch ein One Night Stand oder ein One Heim Stand nicht in Frage.

Ich persönlich bin auch kein Mann für eine Nacht....eine halbe genügt mir schon völlig!!

Natürlich gibt es auch vereinzelt Männer, mit denen es das Schicksal nicht so gut gemeint hat und die statt von ihrer Ehefrau von ihren Potenzkräften verlassen wurden.

Wenn man jung ist, ist der ganze Körper elastisch und nur ein Stück ist steif (welches sollte jeder wissen).

Im Alter verkehrt sich das Ganze ins Gegenteil.

Der ganze Körper ist steif, nur ein Stück ist elastisch (welches sollte jeder wissen).

Der Pizza ist übrigens die Potenz völlig Wurst...oder Schinken, oder Artischocke oder Schwammerl oder Ananas oder alles zusammen.

Natürlich gib es auch 60++ Männer, die von der Alters-weisheit verschont bleiben und noch immer Frauen möchten.

Die kriegen dann auch junge Frauen, obwohl sie viel Masse haben. Das ist dann aber keine Körpermasse, sondern Erbmasse.

Und nachdem, wie schon erläutert, keine 60++Frau mit einem 60++ Mann und kein 60++ Mann mit einer 60++ Frau schlafen möchte, holt sich die 60++Generation ihre erotischen Höhepunkte woanders.

Entweder eben bei der Pizza oder beim Doktor.

Wenn einem 60++ niemand mehr auf die Hoden greift, der Urologe tut's! Und wenn es eine Urologin ist, noch besser.

Die müssen!

Es gibt nichts Intimeres als eine Prostata-Untersuchung. Da fährt der Urologe mit dem Finger dort hin, wo man es als Hetero überhaupt nicht braucht.

Aber lieber einen Finger im Arsch als überhaupt kein Sexualleben mehr.

Ich denke, den 60++ Frauen geht es ähnlich.

Ein hübscher Frauenarzt muss ihre Intimzone anschauen und die Brüste abtasten.

Ob er will oder nicht.

Ein Besuch beim Urologen bzw. Frauenarzt lohnt sich immer. Da wird der Begriff „Doktorspiele" neu definiert ....und bezahlt wird es von der Krankenkasse. Besser geht es ja gar nicht!

Leute schaut's, dass ihr bald 60++ werdet.

Das macht Spaß!

Und wenn einem als 60++ wirklich einmal die totale Lust völlig überrascht und der Pizza-Lieferdienst versagt, bleibt einem immer noch die Möglichkeit des Eigensex.

Da fühlt man sich dann wieder ganz jung wie ein 12-jähriger oder eine 12-jährige, wenn die Mama gerade einkaufen ist.

Je älter man wird, umso jünger wird man wieder. Man macht wieder in die Hose wie ein kleiner Bub oder ein kleines Mädchen.

Apropos jung. Viele ältere Männer haben viel jüngere Frauen.

Das hat nichts mit Midlifecrisis oder besser gesagt Oldlifecrisis zu tun, sondern das hat praktische Gründe.

Erstens muss, wenn sich der Mann dann schon in Pension befindet, die Frau noch arbeiten.

Fazit: Der Mann hat tagsüber zuhause seine herrliche Ruhe! Der Ruhestand verdient seinen Namen!

Je jünger die Frau, umso länger hat der Mann tagsüber zuhause seine Ruhe....und kann seinen Hobbys frönen: Pizza bestellen zum Beispiel.

Der zweite Vorteil, wenn ein 60++Mann eine viel jüngere Frau hat ist der, dass dann, wenn der alte Herr zu bröseln beginnt, die jüngere Frau den älteren Herren pflegen muss, während es sich umgekehrt nicht mehr ausgeht.

Mit einer jüngeren Frau ist man als Mann also auf der sicheren Seite.

Funktioniert aber nur, wenn einem die Frau nicht vorher verlässt.

Denn wenn die jüngere Frau davongeht, kommt der ältere Herr mit seinen künstlichen Knien nicht mehr nach und die Frau ist futsch.

Aber man hat wenigstens vorher jahrelang tagsüber seine Ruhe gehabt.

Ist die Frau davon, bleibt meist nur mehr der Eigensex, der aber vielen 60++ Männern auch schon Probleme bereitet.

Viele kriegen sogar davon bereits Rückenschmerzen. Alles im Leben will trainiert sein.

So, den Sex hätten wir erledigt. Das Anstrengendste ist vorbei.

Kommen wir nun zu einem Thema, das garantiert Vergnügen bereitet.

Ermittlungsakte 4:

60++
und das Essen.

Das Essen ist ja angeblich der echte Sex des Alters.

Vor allem Candlelight-Dinners sind bei 60++ sehr beliebt.

Da sieht man die Gesichtsfalten seines Gegenübers nicht ganz so genau und das Essen schmeckt dadurch einfach besser.

So ist auch „Dinner in the Dark" entstanden. Man isst mit dem Partner und es schmeckt trotzdem. Weil man ihn nicht sieht.

Man kann auch zwischendurch sein Gebiss herausnehmen und in der klaren Hühnersuppe durchspülen, in der Dunkelheit merkt es keiner.

Man kann unbemerkt sabbern und aus seiner Nudelsuppe eine gebundene Gemüsesuppe machen, keinen stört es.

Und für den Veranstalter ist „Dinner in the Dark" auch sehr praktisch, weil der wird seine ganzen Resterln los, weil eh keiner sieht, was er sich da zwischen seine künstlichen Zähne schiebt.

Dinner in the Dark. Genial, oder?

Bei meinem letzten „Dinner in the Dark" wollte ich schon reklamieren. Die Würstel waren nämlich zäh und runzelig und beim Hineinbeißen taten sie weh.

Waren meine eigenen Finger. Kann in der Dunkelheit schon mal passieren.

Ich liebe „Dinner in the Dark" aus einem anderen Grund, wenn ich noch einmal das vorangegangene Thema Erotik kurz streifen dürfte.

Wenn ich merke, die Serviererin steht neben mir, grapsche ich ihr immer auf den Busen und sage dann „Entschuldigung, ein kleines Missgeschick in der Dunkelheit".

Funktioniert oft. Aber nicht immer.

Letztens hat mir eine Serviererin eine brennend heiße Leberknödelsuppe auf den Schritt geschüttet und gesagt „Entschuldigung, kleines Missgeschick in der Dunkelheit".

Nachdem ich dann schon einmal nass war, ließ ich auch gleich meiner Inkontinenz freien Lauf, damit es sich auszahlt.

Das „Dinner in the Dark" wurde zum „Dinner in the Wetness".

Eine neue Erfahrung. Man soll ja nie aufhören dazuzulernen.

Neue Erfahrungen sind nämlich auch im Alter enorm wichtig.

Meine neueste Erfahrung sind Ess-Störungen.

Immer wenn ich gemütlich bei meinem Schweinsbraten mit Knödel sitze, **stört** mich meine Frau beim Essen und sagt, ich solle mich nicht so vollfressen.

Genau genommen habe ich auch Sauf-Störungen.

Immer wenn ich gemütlich bei einer Flasche Wein sitze, **stört** mich meine Frau und sagt, ich soll nicht so viel in mich hineinsaufen.

Lästig solche ständigen Ess- und Saufstörungen!!

Vielfach wird ja behauptet, dass viele Senioren zum Alkohol greifen, um das Altwerden zu vergessen.

Schwachsinn!

Die meisten Senioren greifen aus zwei Gründen zum Alkohol.

Erstens, weil sie schon immer zur Flasche gegriffen haben und zweitens, weil sie festes Essen nicht mehr beißen können.

Schuld sind die Zähne. Entweder weil man schon zu wenige hat, um ein Schnitzel besiegen zu können oder weil man eben schon dritte, vierte oder fünfte Zähne hat.

Je nach Krankenkasse und Privatvermögen.

Ganz im Vertrauen gesagt, das einzige, was mit 60++ noch wirklich beißt, ist der Arsch (so sagt man in Österreich, wenn einem der Arsch juckt).

Die Zähne sind bei vielen 60++ wirklich ein großes Problem.

Wenn ein 60++ ein „Schnitzel mit Beilage" bestellt, ist die Beilage immer eine Alufolie.

Damit man die Schnitzelteile, die während des Essens kalt geworden sind, mit nach Hause nehmen kann. Weil ein Schnitzel wird schneller kalt, als man es lutschen kann.

Da nimmt man eben den Rest des Essens in der Alufolie mit nach Hause, schmeißt alles zuhause in den Mixer, auch den Kartoffelsalat dazu und hat eine super Mahlzeit, die man nur mehr schlucken braucht.

Mit ein bisserl Fantasie fühlt man sich dabei trotz seiner schon über 60 Lenze wie ein Astronaut. Die essen auch nur alles püriert.

Und vor allem fühlt man sich als 60++ dann als Astronaut, wenn man sich verschluckt. Dann heißt es „Houston wir haben ein Problem – Husten!" Alter Schmäh, ich weiss.

Wie gesagt, Astronauten ernähren sich ähnlich wie Pensionisten.

Die Astronauten nehmen natürlich kein Schnitzerl in der Alufolie mit zum Mond, sondern bei denen ist schon alles fertig in Tuben essbereit.

Einfach die Tube in den Mund stecken, andrücken und schon ist man satt.

Weshalb gibt es eigentlich keine Astronautennahrung für 60++??

Man kommt als 60++ in ein Restaurant und bestellt ein Tuberl Frittatensuppe, danach ein Tuberl Hühnerfilet mit Bratkartofferl und zum Dessert noch ein Tuberl Apfelstrudel.

Zum Abfüllen der einzelnen Tuberl könnte man im Recyclingverfahren gleich ausgedrückte Zahnpastatuben verwenden.

Dann würde den 60++ gleich beim Essen mit den in der Tube befindlichen Zahnpastaresten die Zähne geputzt.

Alles in einem Arbeitsgang sozusagen.

Das spart Zeit, denn 60++ haben nie Zeit.

60++ haben deshalb nie Zeit, weil ihre Zeit zeitlich schon sehr begrenzt ist.

Als 60++ weiß man nie, wie lange man noch Zeit hat.

Genau genommen, weiß man auch als junger Mensch nie, wie lange man noch hat, aber da macht man sich einfach keine Gedanken darüber.

Als 60++ macht man sich sehr viele Gedanken darüber und möchte daher seine wertvolle Zeit nicht bei Penny, Hofer, Lidl & Co an der Kasse vergeuden.

Aus dieser Überlegung heraus stammt der bei den Supermarkt-Kassiererinnen gefürchtete, verzweifelte Pensionistenschrei: „Zweite Kasse bitteeeeee!!!!"

Man möchte als 60++ das, was man eingekauft hat, ja noch genießen können. Verständlich, oder?

Apropos einkaufen. Nächstes Thema.

Ermittlungsakte 5:

60++
und Supermärkte.

Vergessen Sie Lourdes. Vergessen Sie Mariazell.

Supermärkte sind die einzigen Orte auf der ganzen Welt, wo tatsächlich Wunderheilungen stattfinden.

Tausendfach nachgewiesen!!

Diese Wunderheilungen treten immer dann auf, wenn wirklich eine zweite Kasse geöffnet wird.

Plötzlich werfen die 60++ ihre Krücken in hohem Bogen fort, die Rollatoren werden in 2 Sekunden von 0 auf 100 beschleunigt und die 60++ sprinten entschlossen wie Footballspieler in den Gang der zweiten Kasse, ohne Rücksicht auf Verluste.

Wer zu schwach oder langsam ist, findet sich in irgendeiner Warenschütte wieder....und kommt oft erst wieder zu Bewusstsein, wenn die zweite Kasse schon wieder zugesperrt hat.

Man kann nicht immer gewinnen.

Weitere Wunderheilungen im Supermarkt treten immer dann auf, wenn es besonders günstige Angebote gibt.

Zwei Stunden lang vor dem Aufsperren bereits vor der Eingangstüre stehen und seinen Platz mit einer Krücke als Bihänder-Schwert zu verteidigen, wird sportlich ohne Mühen erledigt.

Vergessen sind die Krampfadern, die das Stehen angeblich zur Qual machen, vergessen sind die

Rückenschmerzen und vergessen wurde vor allem der Rollator, denn der ist beim Kampf 60++ gegen 60++ nur hinderlich.

Rollstühle hingegen, richtig eingesetzt, können wertvolle Hilfe leisten, denn sie versperren den Konkurrenten wichtigen Platz.

Hat der Supermarkt dann endlich seine Pforten geöffnet, geht der „Krieg der 60++" in seine heiße Phase.

Pensionistinnen und Pensionisten schieben ihre Ein-kaufswägen mit kreischenden, rauchenden Rollen durch die Gänge, bremsen sich gegenseitig in bester Renn-fahrermanier aus, machen vor den Schütten kurzen Boxenstopp, um dann noch schneller zur Kasse zu beschleunigen, wo es wieder in Tarzan-Lautstärke durch die Halle dröhnt: „Zweite Kasse bitteeeee!"

Erst auf dem Parkplatz, wenn sich das durch die Son-derangebote literweise in den 60++- Körper ausge-schüttete Adrenalin langsam wieder abbaut, werden den 60++ ihre körperlichen Gebrechen wieder bewusst.

Behäbig werden Rollstühle, Rollatoren und Krücken wieder in Gebrauch genommen und man humpelt mit seiner Beute im Einkaufswagen zum Auto und fährt nach Hause, um dort wieder über seine vielen Leiden zu jammern.

Aber auch wenn es keine günstigen Sonderangebote gibt, sind 60++, die sich bei einer Kasse anstellen, stets unberechenbar und gefährlich.

Wenn Sie als jüngerer Mensch eine oder einen 60++ hinter sich haben, lassen Sie bitte die oder den vorgehen.

Das erspart Ihnen den natürlich völlig unabsichtlichen, schmerzhaften Schlag mit der Krücke in den Rücken und die Schmerzen in der Achillessehne, wenn ihnen die oder der 60++ natürlich völlig unabsichtlich mit dem Einkaufswagen von hinten in die Beine fährt.

Das aber die 60++ nie Zeit haben, ist eine Lüge.

Spätestens, wenn die 60++ bei der Kasse an die Reihe kommen, haben Sie plötzlich Zeit.

Unendlich viel Zeit.

Liebevoll wird Centstück für Centstück aus dem Geld-täschchen geklaubt, sorgfältigst im Licht minutenlang betrachtet und mit den Worten „Ist das ein Einerl oder ein Zweierl" behutsam auf das Kassenpult gelegt.

Die anderen 60++ schreien hinten verzweifelt „Zweite Kasse bitteeee!"

Doch das bringt die oder den 60++ vorne an der Kasse nicht aus der Ruhe.

Die oder der sucht weiter in allen Falten des Geldtäsch-chens ihre/seine Centstücke, bis das Kassentischerl völlig verkupfert ist und die Ungarn und Polen in der Warteschlange schon große Augen kriegen.

Nein, keine Pauschalverurteilungen bitte.

Nicht alle Kupferfetischisten sind Ungarn oder Polen, es sind auch Rumänen, Tschechen und andere Einheimische darunter.

Ist dann der Einkauf endlich mit einem Berg von Centstücken bezahlt, wird das Gekaufte in Ruhe behutsam Stück für Stück wieder in das Einkaufswagerl gelegt und das Wagerl mit der Bemerkung zum nächsten Kunden „Sie haben es eilig, gell?" Richtung Ausgang geschoben.

In vielen Supermärkten gibt es Express-Kassen.

Viel dringender wären „Trödelkassen".

Trödelkassen für 60++, wo sie ganz ganz schnell drankommen und dann unendlich viel Zeit zum Bezahlen haben.

Die Tarzanschreie „Zweite Trödelkasse bitteeeee!" wird man zwar damit nicht verhindern können, aber vielleicht kommt dann der oder die eine oder andere Berufstätige an den normalen Kassen schneller dran.

Ermittlungsakte 6:

60++
und Urlaub

Die wichtigste Frage, die viele Menschen bewegt ist nicht die Frage „Gibt es ein Leben nach dem Tod?", sondern die Frage „Gibt es einen Schock nach der Pension?".

Tatsache ist, es gibt mehr Schocks **vor** der Pension als nachher.

Mein Nachbar hat erst letzte Woche einen Pensions-schock erlitten. Er war der Meinung mit 60 in Pension gehen zu können, hat aber erfahren, dass er noch 2 Jahre arbeiten muss.

Die letzten 2 Jahre vor der Pension sind die schlimm-sten. Das ist wie eine Fata Morgana. Man sieht die Pensionierung schon schleierhaft am Horizont, aber sie kommt und kommt nicht näher.

Man streicht nicht nur die Tage ab, sondern sogar die Minuten....und jede Minute kommt einem etwas Anderes in den Sinn, das man in seiner Pension alles machen möchte.

Am häufigsten kommen Gedanken an Urlaub. Dann Gedanken an den Urlaub und dann Gedanken an den Urlaub.

Man möchte endlich die Sahara durchqueren, was man schon mit 20 gewollt hat, obwohl man genau weiß, dass man als 60++ nie mehr durch die Sahara kommt, weil einem der Sand das künstliche Gelenk verstopft.

Man möchte endlich mit der Transsibirischen Eisenbahn von Moskau über die Mandschurei nach Peking fahren, obwohl man genau weiß, dass man dort mit der ÖBB-Seniorencard keine Ermäßigung bekommt.

Man möchte mit dem Rennrad über die Alpen sausen, obwohl man genau weiß, dass es höchstens ein Rollator wird, mit dem man zur nächsten Trafik rollt, um das „Goldene Blatt" zu kaufen.

Man möchte mit einem Wohnmobil durch die Lande cruisen, obwohl man genau weiß, dass sich mit der kargen Pension höchstens ein Fiat Panda ausgeht, mit dem man am Sonntag zum „Gasthof zur Linde" cruisen kann.

Apropos „Gasthaus zur Linde".

Selbstverständlich lasse ich mein Auto stehen, wenn ich zu viel getrunken habe und gehe zu Fuß nach Hause.

Ich habe daher bei der Finanz um eine „Pendlerpauschale" angesucht, weil ich vom Alkohol aus dem Gleichgewicht gebracht, nach Hause pendle, aber keine Chance. Die Finanz hat kein Herz für 60++.

Was soll's. Was den meisten 60++ bleibt, sind die Träume.

60++ Männer träumen von einem 20jährigen Mädel neben sich im Bett, aber das Kuschelige, was sie spüren, ist leider nur die Inkontinenzauflage.

60++ Frauen träumen von Sonne und Meeresrauschen, aber das Warme, das sie spüren ist die Rheuma-Lampe und das Rauschen die Toilettenspülung.

Aber 60++ lassen sich nicht unterkriegen und sei die Pension noch so klein, es wird trotzdem Urlaub gemacht!

Der Urlaub wird in vollen Zügen, vollen Bussen, vollen Flugzeugen und vollen Schiffen genossen.

Haben Sie schon mal überlegt, weshalb „Kreuz-Fahrten" „**Kreuz**-Fahrten" heißen? Weil 90% der Passagiere 60++ sind.

Mehr sage ich dazu nicht.

Dennoch stehen Kreuzfahrten bei den 60++ ganz oben auf der Wunschliste. Da ist immer etwas los, da wird einem alten Menschen nie langweilig.

Alleine schon die spannenden Spiele an Bord.

Wer kotzt als nächstes über die Reling?

Hat er/sie nach dem Kotzen sein/ihr Gebiss noch?

Wer findet nicht mehr in seine Kabine zurück?

Wer erlebt noch die nächste Mahlzeit?

Passt der Bauch nach dem Buffet noch durch die enge Kabinentüre?

Sie sehen, die Bordspiele bergen einfach unerschöpfliches Unterhaltungspotential.

Stichwort „Buffet". All inclusive-Urlaube sind bei 60++ der absolute Hit!

Aber nur, wenn das Gebiss in Ordnung ist.

Dann geht es los. In der Früh um 5 husch husch zum Frühstücksbuffet und bis Mittag alles hineinstopfen was geht.

Wenn man sich die Reise schon vom Mund abgespart hat, soll wenigstens wieder was in den Mund hinein kommen.

Wer rechtzeitig vor Mittag mit dem Frühstück fertig geworden ist, kann sich gleich dem Mittagsessen widmen. Aber bitte zügig, damit man den Nachmittagskaffee samt Kuchenbuffet nicht versäumt. Wenn das letzte Kuchenbröserl auf das Teller mit dem Abendessen fällt, dann hat man alles richtig eingeteilt und man kann sich bis Mitternacht mit Gratis-Cocktails für sein perfektes Timing belohnen.

Super so ein All inclusive-Urlaub, oder?

Wo war ich im Urlaub eigentlich noch außer am Buffet?

Keine Ahnung. Mit ein bisserl Glück fällt einem vielleicht doch noch ein Land ein, das am Buffet vorbeigezogen ist.

Für viele 60++ ist ein All inclusive-Urlaub faktisch „Essen auf Rädern", denn die fahren gleich mit dem Rollstuhl zum Buffet und bleiben dort bis Urlaubsende stehen.

Die muss man dann zu Urlaubsende mit Schweißbrennern aus dem Rollstuhl befreien, weil die sind in den 14 Tagen so richtig in den Rollstuhl hineingewachsen.

60++ und Rollstuhl sind eine einzige Masse geworden.

Sind die Rollstühle dann mit dem Schweißbrenner zerstückelt, entfalten sich die 60++ wie eine Notrutsche beim Flugzeug.

Diese springt beim Freiwerden mit einem lauten Knall in ihre aufgeblasene Form.

Bei den All inclusive-60++ geht das genauso.

Sie entfalten sich mit einem lauten Knall in ihre aufgefressene Form. Drei mal so groß wie vor dem Urlaub.

Die Heimreise erfolgt dann per Tieflader. Sieht man immer wieder auf der Autobahn, wenn man aufmerksam ist.

Das sind jene Fahrzeuge, die Sie für Tanklaster halten, nur sind das oben auf dem LKW keine Tankdeckel, sondern das sind die Nabeln der 60++ auf der Heimreise von ihrem All inclusive-Urlaub.

Ermittlungsakte 7:

60++
und das Furzen

Eine sehr heikle Ermittlungsakte, denn sie besteht nur aus heißer Luft.

Produziert von 60++.

Ungewollt, denn man kann noch so gut und teuer essen, am Ende ist alles heiße Luft und Sch...... .

Das ist der Lauf der Verdauung, die 60++ nicht mehr immer 100% ig im Griff haben. Andererseits, wer möchte schon seine Verdauung „im Griff" haben. Okay, lassen wir das.

Ich hätte Ihnen gerne diese nicht unbedingt appetitliche Ermittlungsakte über das Furzen der 60++ gerne er- spart, aber ich möchte mich nicht dem Vorwurf aus- setzen, schlampig und nicht umfassend genug ermittelt zu haben.

Tatsache der Ermittlungen ist, wenn sich ein 60++ bückt, dann lässt in 98 von 100 Fällen der oder die einen fahren.

Das ist sicherer als die Pension!

Jede kleine Anstrengung ist von Arschmusik begleitet.

Manchmal ein zartes Solo, manchmal ein kleines Orchester und manchmal eine Wagner-Oper.

Mein Tipp: Wenn in ihrer Umgebung einem oder einer 60++ etwas hinunterfällt, seien Sie schneller und heben Sie es auf, bevor es der oder die 60++ selber tut.

Das ist nicht nur höflich, sondern auch Selbstschutz.

Wenn ein oder eine 60++ sich nach dem Essen gemütlich zurücklehnt und leise zu stöhnen beginnt, dann hat dieses leise Stöhnen die selbe Bedeutung wie eine Feuerwehrsirene.

Alarm!! Denn mit dem leisen Stöhnen beginnt die Verdauung zu wirken und das Donnergewitter folgt wie das Amen im Gebet.

Oder wenn Sie mit einem oder einer 60++ nach dem Essen spazieren gehen, gehen sie auf jeden Fall vor ihr oder vor ihm.

Sonst kann es ein, dass Sie Ihr Ziel nur mit Schwindelgefühlen erreichen. Wenn überhaupt noch.

Denn es sind nicht die Schuhe, die hier knarren, es ist nicht der Stock, der hier knackt und es finden auch keine militärische Schießübungen in der Umgebung statt.

Es ist einfach nur die Verdauung der 60++.

Ich weiß nicht, was sich da verdauungsmäßig im Alter ändert, aber es ist einfach so.

Vielleicht ist jeder Furz auch nur ein Schrei nach Anerkennung, damit man als alter Mensch wenigstens noch irgendwie wahrgenommen wird.

Mein Vater hat ganze Marschmusiken gefurzt, sein Gehstock wurde zum Taktstock.

Der Sonntagsspaziergang wurde zum reinsten Blaskonzert, im wahrsten Sinne des Wortes.

Zugegeben, das Furzen der 60++ ist auch oft reine Absicht. Es ist sozusagen die Rache an den zukünftigen Erben, die man noch zu Lebzeiten genießen kann.

Oder wie es die Jugend formulieren würde: Man lädt sich ganz gezielt und bewusst einen „Unterhosenrap" herunter.

Wenn man weiß, dass die zukünftigen Erben schon sehnsüchtig auf ihr zukünftiges Erbe warten, dann sollen sie sich dieses Erbe auch verdienen.

Indem Sie beim übelriechendsten Furz nur lächelnd sagen dürfen: „Hat's geschmeckt, Oma oder Opa?".

Jeder andere Kommentar könnte das Erbe gefährden.

Deshalb heißen die leisen Furze, die sich durch die Unterhose schmiegen, im 60++Jargon auch „Erbschleicher".

Womit wir schon beim nächsten Thema sind.

Ermittlungsakte 8:

60++
und die Familie

Familie ist angeblich das Schönste und Wichtigste auf der Welt, obwohl es eigentlich nichts Schlimmeres gibt.

Jeder geht jeden auf die Nerven. Jeder schimpft über jeden. Jeder wünscht sich die Verwandten zum Teufel.

Familie ist eigentlich nur wichtig, wenn es ums Erben geht.

Daher ist man als 60++ in jeder Familie etwas ganz Besonderes und wird auch von allen ganz besonders behandelt....weil jeder denkt, er würde etwas erben.

Plötzlich wird man umhegt und gepflegt, jeder schiebt einem ein Zierkissen unter das Popscherl.

Außer nach dem Essen, das ist bekanntlich zu gefährlich. So eine Hand ist rasch geprellt!

Beim Fernsehen darf man sich nicht nur den besten Platz aussuchen, sondern auch das Programm.

Ich hasse Volksmusik.

Die zukünftigen Erben auch. Also schau ich mir jede Volksmusiksendung an. Wer erben will, muss fühlen.

Das Teller mit den Kartoffelchips wird nie leer. Kaum sind zwei Chips gegessen, wird schon von den Angehörigen nachgefüllt.

Schließlich wissen alle Angehörigen, dass die fetten Chips ganz schlecht für die Gesundheit sind und mit jedem Chip, den sich Großmama und Großpapa in den Mund schieben, wird das Lächeln der Angehörigen breiter.

Als 60++ wird man pausenlos mit üppigen, ungesunden, schlaganfallfördernden Mehlspeisen gefüttert und bekommt dazu kannenweise koffeinstrotzenden, herzinfarktfördernden Kaffee.

Alles, damit es den Alten gut geht....und den Jüngeren bald noch besser.

Ich persönlich leiste mir da immer einen besonderen Spaß.

Wenn wir am Sonntag alle gemütlich beim Essen zusammensitzen, lasse ich von Zeit zu Zeit die Bemerkung fallen, dass ich mein Sparbuch samt dem Losungswort irgendwo im Haus verlegt hätte und nicht mehr finden würde.

Der Spaß beginnt mit Sofortwirkung.

Dem Sohn ist plötzlich nicht ganz gut und er möchte lieber auf sein Zimmer gehen.

Die Schwiegertochter möchte plötzlich nichts mehr essen, damit sie schlank bleibt.

Der Enkelsohn hat plötzlich viel zu lernen und möchte sich zurückziehen.

Die Enkeltochter bietet sich an, das gesamte Haus

staubzusaugen, damit die Mutter nicht so viel Arbeit hat und so weiter.

Das ganze Haus ist plötzlich von hektischem Treiben erfüllt. Jeder möchte das angebliche Sparbuch mit dem Losungswort zuerst finden, möglichst ohne dass es die Anderen merken.

In der Zwischenzeit kann ich mir vom servierten Essen die besten Stücke aussuchen und mich in Ruhe über die heimlichen Suchspiele der Angehörigen amüsieren.

Nach einer Stunde kommen alle frustriert zum Tisch zurück und sind dann noch frustrierter, weil vom Essen die besten Stücke weg sind und der Rest inzwischen kalt geworden ist.

Sparbuch können sie keines finden, weil ich keines habe.

Aber das darf ich keinem verraten, sonst ist es vorbei mit dem Zierkissen unter dem Popscherl, der freien Programmwahl und den besten Stücken vom Sonntagsbraten.

Das vermeintliche Sparbuch ist meine Garantie, dass es mir in meinem restlichen Leben gut geht, auch wenn meine Angehörigen ständig versuchen, es mit Chips, Kuchen und Kaffee zu verkürzen. Es schmeckt mir und so soll es auch bleiben.

Mein imaginäres Sparbuch ist meine Garantie für bestbetreutes Wohnen.

Ermittlungsakte 9:

60++
und Sport

Wer also nicht ins Altersheim möchte und wenn Sex als Fitnessbrunnen bewusst oder notgedrungen nicht in Frage kommt, dem bleibt nur mehr eines übrig, um fit zu bleiben:

Sport!!

Für viele ein furchtbarer Gedanke.

Bewegung. Was da alles passieren kann. Aber es hilft nichts.

Entweder bringt einen das Übergewicht um oder der Sport. Bei letzterem scheinen die Überlebenschancen doch etwas größer.

70% der 60++ haben Übergewicht.

Bei den Jungen sind es etwa 80%.

Mein Freund hat beschlossen, etwas gegen sein Übergewicht zu tun. Er hat sich als Erstes eine Waage gekauft, um den Sollzustand festzustellen.

Leider kann er vor lauter Bauch die Anzeige nicht sehen.

Also hat er die Waage gegen eine ganz moderne Waage umgetauscht.

Eine Waage speziell für beleibte Menschen.

Diese Waage kann sprechen. Wenn man sein Gewicht nicht sehen kann, dann wird es einem gesagt. Klipp und klar!

Zuhause angekommen, hat er die Waage sofort ausge-
packt und sich draufgestellt. Die Waage hat sofort zu
ihm gesprochen.

„Diese Waage ist nicht für Elefanten geeignet. Bitte
passen sie auf ihre Tiere auf!"

Jetzt liegt die Waage beim Restmüll. Total zerstört. Vom
Elefanten.

Kurzentschlossen und ohne genaue Kenntnis über sein
Gewicht hat sich mein Freund dazu hinreißen lassen,
Sport zu treiben.

Aber welchen?

Tennis! Das ist dynamisch, das ist Action, hat er gemeint
und sich sofort mit mir auf den Tennisplatz gewagt.

Also so eine Tennisstunde ist viel zu kurz.

Mein Freund war kaum das erste Mal vom Netz wieder
zurück an der Grundlinie, war die Stunde auch schon
vorbei.

Das geht dann ganz schön ins Geld, wenn man gleich
mehrere Stunden buchen muss.

Also hat sich mein Freund in ein Fitnessstudio ein-
schreiben lassen.

Dort bekam er einen Schwindelanfall nach dem
Anderen.

Nicht wegen der schweren Gewichte, sondern wegen der vielen hübschen jungen Mädchen.

Ständig seinen Bauch einzuziehen und die Luft anzuhalten, um sich den Mädchen von seiner besten Seite zu zeigen, hat er nicht durchgehalten.

Also waren Schwindelanfälle die logische Folge.

Er war dann immer 30 Sekunden mit eingezogenem Bauch und angehaltener Luft im Studio und anschliessend 15 Minuten in der Umkleidekabine Luft holen.

Beim Ausatmen der gestauten Luft hat er dann immer alle Gewänder von den Garderobenhaken geblasen.

Nach dem neu Einatmen ist er dann wieder ganz stolz für 30 Sekunden in den Trainingsraum zu den jungen Haserln marschiert.

Auf die Dauer sehr anstrengend.

Also hat er sich lieber auf den Ergometer zurückgezogen.

Von dort aus hat er die jungen Haserln alle schön im Blick gehabt.

Stundenlang ist er am Ergometer gesessen und es hat ihn überhaupt nicht angestrengt.

Allerdings nur, weil er vor lauter Schauen aufs Treten vergaß.

Hanteltraining hat er nur gemacht, wenn keine Mädchen im Studio waren.

Seine Spezialität waren Kniebeugen mit der Langhantel.

Langhanteln heißen deshalb Langhanteln, weil mein Freund sehr lange braucht, um von seiner Kniebeuge wieder hochzukommen.

Sein Trainingsfahrplan: Um 14Uhr hinunter und um 15h30 wieder zurück hinauf. Da ist sogar die Bundesbahn schneller.

Klimmzüge hat er auch probiert. Aber bevor sein Kopf oben war, war sein ganzer Körper schon wieder unten.

Seine Bauchübungen endeten ebenso dramatisch wie peinlich.

Kennen Sie Situps? Das ist die Übung, wo man mit angewinkelten Beinen am Boden liegt und dann versucht, seine Brust zu den Knien zu bringen.

Mein Freund war noch nicht mal halb oben, hat er schon einen fahren lassen. Wegen der Bauchkrümmung.

Das hat sich dann bei jeder Wiederholung wiederholt.

Aber dafür hat er bei dieser Übung immer genügend Platz gehabt. Es kann aber auch natürlich nur Zufall gewesen sein, dass nie jemand in seiner Nähe war, wenn er zu den Situps ansetzte.

Anschließend ist mein Freund dann aufs Laufband. Also bei ihm war das eher ein Gehband.

Aber nach 2 Wochen hat er sich doch einmal getraut darauf zu laufen.

Nach 2 Minuten war er müde. Und wenn mein Freund müde ist, bleibt er immer stehen. Das ist er so gewöhnt vom Wandern.

Nur wenn man auf dem Laufband stehen bleibt, sollte man es unbedingt vorher abschalten.

Sonst fliegt man im hohen Bogen rücklings vom Laufband. Wie mein Freund.

Der ist direkt auf eine von den jungen Mädchen gefallen.

Seitdem ist das Laufband seine Lieblingsübung. Draufstellen, einschalten, laufen und wenn ein hübsches Mädchen hinten vorbeigeht, einfach stehenbleiben ohne Abzuschalten. Schon hat man Sofortkontakt.

Neue Freundschaften hat mein Freund aber auch beim Bankdrücken geschlossen.

Kennen Sie Bankdrücken? Da liegt man mit dem Rücken auf einer Bank. Das wäre ja eigentlich ganz bequem, wenn man dabei nicht versuchen müsste, eine Langhantel mit Gewicht nach oben zu stemmen.

Wie man dabei neue Freundschaften schließen kann?

Kein Problem für meinen Freund. Er hat nämlich nicht einmal die Langhantel ohne Gewicht nach oben gebracht und musste immer von anderen Fitnessstudiobesuchern davon befreit werden.

Da lernt man dann Leute kennen.

Hilfsbereite, die einem sofort die Langhantel von der Brust nehmen, aber auch Bösartige, die sich lächelnd vorne hinstellen und fasziniert die Gesichtsverfärbung beobachten.

Nach 4 Wochen hat mein Freund das Fitnessstudio wieder aufgegeben und es mit Joggen probiert.

Joggen ist billiger als Fitnessstudio.

Normalerweise.

Nicht für meinen Freund. Das Taxi, das ihn immer nach 2 Kilometern wieder nach Hause brachte, ging auch ins Geld.

Was nun? Ich empfahl meinem Freund einen Ergometer für zuhause. Da braucht man nirgends hinzufahren und braucht auch nicht die Luft anzuhalten, weil zuhause nur sehr selten hübsche junge Mädchen vorbeikommen.

Dafür sorgt schon seine Ehefrau.

Ach so ja, Ehefrau. Wie soll man sich für den Ergometer zuhause motivieren, wenn man immer nur die eigene Frau sieht. Ist schon ohne Ergometer nicht einfach.

Okay, also ein Mountainbike oder Rennrad für Draußen muss her. Da sieht man beim Training die Ehefrau nicht bzw. nur beim Wegfahren und Heimkommen.

Oder in der Unfallchirurgie, wenn sie den 60++Biker samt Gipsdekorationen wieder abholt.

Also schritt mein Freund entschlossen in das nächste Fahrradgeschäft, suchte sich ein cooles Rennrad aus....und kam ohne dieses wutentbrannt wieder aus dem Geschäft.

„Was ist passiert, mein Freund?" fragte ich ihn erstaunt.

„Was passiert ist? Der Verkäufer hat mir gesagt, er bietet mir auf das Rennrad lebenslange Garantie!"

„Lebenslange Garantie ist doch schön, oder?"

„Auf dem Rad stand aber nur 5 Jahre Garantie und als ich den Verkäufer darauf aufmerksam machte, meinte er, das wäre bei meinem Alter das selbe."

Also Radfahren abgehakt. Jetzt spielt mein Freund Golf....und ist glücklich! Einmal abschlagen, 3 Stunden spazierengehen....den Ball suchen!

Dann mit dem Wagerl zum nächsten Loch und das Spiel wiederholt sich. Das alles in freier Natur. Herrlich!

Natürlich gibt es unter den 60++ auch richtige Sports-kanonen. Die laufen Marathon, machen Triathlon oder fahren den ganzen Tag mit dem Rad durch die Landschaft.

Diese 60++Sportskanonen haben wiederum ganz andere Probleme. Sie werden von keinem ernst genommen.

Sie können als 60++ einen Marathon in 3,5 Stunden laufen und keiner nimmt sie ernst. Sie können als 60++ mit dem Rad in 3 Stunden auf den Großglockner fahren und keiner nimmt sie ernst.

Sie können als 60++ in 8 Stunden einen Triathlon beenden und keiner nimmt sie ernst.

Weshalb nicht? Dann machen Sie einmal folgenden Test.

Gehen Sie als 60++ zu Ihrem Hausarzt und sagen sie zu ihm „Herr Doktor, mir haben beim Marathon am Sonntag die Muskel im rechten Oberschenkel etwas gezwickt. Was kann das sein?"

Erst einmal werden Sie von Ihrem Hausarzt einen sehr schrägen Blick ernten, weil 60++ und Marathon? Hallo?

Wenn man als 60++ nicht lahm und krank ist, kann man doch nicht gesund sein, oder?

Wenn Sie also behaupten, als 60++ noch sportliche Höchstleistungen zu bringen, dann wird Ihnen Ihr Hausarzt folgendes sagen: „Keine Sorge, da gibt es ein wunderbares Psychopharmaka...."

„Psychopharmaka?? Das soll gegen meine Muskel-
probleme im Oberschenkel beim Marathonlaufen
helfen?"

Spätestens jetzt ernten Sie den zweiten sehr schrägen
Blick von Ihrem Hausarzt und er wird Sie fragen: „Haben
Sie diese Wahnvorstellungen schon länger?"

„Welche Wahnvorstellungen?"

„Dass Sie als 60++ noch Marathon laufen können?
Möchten Sie nur meine Aufmerksamkeit erwecken, weil
Sie einsam sind oder glauben Sie tatsächlich, dass Sie
als 60++ noch einen Marathon schaffen?? Das müssten
wir dann stationär behandeln lassen. Seien Sie froh,
dass Sie in Ihrem Alter noch selbständig ohne Pflegerin
in meine Ordination gekommen sind und faseln Sie nicht
dauernd vom Marathonlaufen!"

In der Aussicht, dass Sie Ihr Hausarzt gar nicht mehr
nach Hause gehen, sondern Sie direkt mit der Zwangs-
jacke von der Ordination abholen lässt, werden Sie
gerne beschwichtigen, nur einen dummen Scherz gemacht zu haben.

Ihr Hausarzt wird wieder ganz beruhigt sein und beto-
nen: „Habe ich gleich gewusst. Realitätsstörungen sind
bei 60++ ganz normal!"

In Folge werden Sie mit einem Rezept voller Psychopharmaka fluchtartig die Ordination verlassen und Ihr
Hausarzt wird darüber nachdenken, ob Sie angesichts
Ihres schnellen Verschwindens nicht doch Marathon
laufen.

Also generell: Wenn Sie als 60++ noch sehr sehr sportlich sind, laufen Sie immer Gefahr, in der Klapsmühle zu
landen.

Wenn man jung ist, ist das komplett anders.

Da brauchen Sie, wie die meisten jungen Leute heut-
zutage, überhaupt keinen Sport zu machen und Ihr
Hausarzt wird Ihnen sofort glauben, dass Sie Marathon
laufen.

Ein junger Mensch wird immer als hochleistungsfähig
angesehen, auch wenn er nicht einmal 100 Meter zu
Fuß schafft.

Ein junger Mensch wird immer als dynamisch angesehen, auch wenn er bereits nach dem morgendlichen
Zähneputzen völlig erschöpft ist.

Ein junger Mensch wird immer als gesund angesehen,
auch wenn er komasäuft, sich vollkifft und Alkohol mit
Tabletten sein Mittagsmenü geworden ist.

Als 60++ sind Sie immer krank, senil und leistungsun-
fähig, auch wenn sie Marathon laufen oder Triathlons
schaffen.

So sind die Klischees unserer Gesellschaft. Jeder weiß,
dass die Wahrheit eine andere ist und dennoch werden
diese Klischees täglich aufs Neue prolongiert.

Das beste Mittel gegen Klischees ist die Mode. Mein
nächstes Thema.

Ermittlungsakte 10:

60++
und die Mode

In früheren Zeiten hat man die 60++ schon von weitem als solche erkannt.

ER in grauer Hose, kariertem Hemd und grauem Pullunder und SIE im Blümchenkleid oder in dunkelblauer Schoß (so hießen Röcke früher), weißer Bluse und dunkelblauer Strickweste.

Das war die historische Uniform der 60++.

Heute trägt die 60++ Generation Stringtangas von Calvin Klein, obwohl das Schnürl (und oft der gesamte Tanga) keine Chance hat, je gesehen zu werden, weil der Wohlstandskörper alles verdeckt.

Der Tanga ist also nur am Wäschestrick zu sehen. Oder von einem selbst beim An-und Ausziehen. Oder von der Pflegerin.

Der moderne 60++Mann hingegen trägt modische, lange Lederhosen. Weshalb?

Midlifecrisis?

Nein. 130 wird man mit den besten Medikamenten nicht.

Der Grund ist ein praktischer. Leder lässt nichts durch. Weder den Regen von außen, noch die Feuchtigkeit von innen.

Lederhosen sind absolut inkontinenzsicher! Es gibt keine Nassmedaillen im Schritt mehr. Die Tröpferl rinnen an der Lederhose ganz diskret innen hinunter und werden von den kuscheligen Burlington-Socken ebenso diskret aufgesaugt.

Im Alter werden die Hosen ja bekanntlich immer olympischer. Goldmedaille vorne und Bronze hinten.

Das verhindert man mit modischen, langen Lederhosen.

Oder mit überlangen Pullovern. Die sehen lässig und locker aus, verdecken den Schritt und saugen ebenfalls Inkontinenztröpferl auf.

Mit der Zeit hat der Pullover allerdings mehr Wasserzeichen als die neuen Euro-Banknoten. Daher sind Lederhosen besser.

Als Student hat man von „Panta rei" gelernt. Alles fließt. Im Alter erlebt man's!

Jeans sind bei der älteren Generation auch sehr beliebt.

Blau macht schlank. Irrtümer eingeschlossen.

Ab Größe 60 macht nichts mehr schlank. Nicht einmal mehr Schwarz. Das macht dann nur mehr dunkel. Verdunkelt die Umgebung.

Meine Frau hat letztens alle meine Jeans weggeschmissen, weil die angeblich alt, zerschunden und löchrig waren. Dann ist sie mit mir ins Shoppingcenter gefahren, neue Jeans kaufen.

Die neuen Jeans sehen wunderbar aus. Alle sind zerschunden und haben Löcher. Das ist jetzt Mode. Wo ist da der Unterschied zu meinen alten Jeans?

Der Unterschied beträgt genau € 350.-. So viel haben meine vier neuen Jeans gekostet.

Viele 60++ Damen sind auch sehr modebewusst.

Die kleiden sich topaktuell in Blusen und Hosen von Jil Sander, Gucci & Co. Mit Dekolletés, die genauso tief sind wie die Brüste....und mit einer Haut am Dekolleté, aus der sich ein 60++ Mann schon wieder eine inkontinenzsichere Lederhose schneidern könnte....mit Bundfalten.

Trotz der feinsten Kosmetik um 300 Euro im Monat.

Die 60++ Damen von heute möchten halt so schön sein, wie sie gestern waren.

Wünschen darf man sich das ja. Aber dieser Wunsch geht nicht einmal zu Weihnachten in Erfüllung.

Aber die Kosmetikindustrie gaukelt das den 60++ Damen vor.

Nimm diese „Night-Beauty-Anti-Aging-Creme" und du wachst mit einem Teint auf wie ein unberührtes Mädchen.

Das einzige, was daran stimmt, ist, dass die 60++ Damen wirklich unberührt aufwachen. Aber der Teint??

Gut, die 60++ Damen sehen das nicht so genau. Ohne Brille.

Das ist von der Natur schon sehr gut eingerichtet. Je älter die Haut wird, umso schwächer wird die Sehkraft. So schaut man immer gut aus. Vor allem bei 9 Dioptrien ohne Brille.

Das Faltenmeer verschwimmt zu einer jugendlich glatten Haut. Und was selbst ohne Brille noch immer nicht glatt aussieht, wird zugespachtelt.

Mit „Day-Beauty-Anti-Aging-Cremes" von Vichy und anderen Nobelmarken.

Von Frauen wird immer mehr Geld für Kosmetik ausgegeben.

Und immer mehr Damen rauchen.

Ein Perpetuum mobile. Je mehr man raucht, umso mehr wird die Haut kaputt und umso mehr Kosmetik wird benötigt. Gilt übrigens auch für Frauen unter 60++.

Rauchen und Kosmetik. Ein skurriles Perpetuum mobile, das der Kosmetikindustrie Milliardenumsätze beschert.

In Abwandlung eines Slogans eines bekannten Elektronikhauses müsste man sagen: „So geht Dummheit!"

Was mir bei meinen Ermittlungen auch aufgefallen ist, dass sich viele 60++ Damen ihren Mund ganz grell mit rotem Lippenstift markieren. Da laufen 60++ Damen mit einem Kußmund wie Marilyn Monroe durch die Landschaft.

Warum weiß ich nicht. Vielleicht, damit die Pflegerin beim Füttern den Mund leichter findet.

Ist ja ohne rotem Kußmund nicht so einfach. Die graue Haut, die grauen Lippen und das graue Griespapperl. Da findet man den Eingang fürs Griespapperl schon mal schwer.

Mit knallrotem Kußmund ist das kein Problem. Das Graue muss ins Rote. So einfach geht's!

Apropos Mund.

Was die 60++ Generation schöner hat, als die Jugend, sind die Zähne. Perfektes Lächeln aus Vegérshaly-högshom oder sonst wo in Ungarn.

Die eigenen schiefen Beißerchen wurden durch perfekt gestylte, schneeweiße Kunstzähne getauscht. Da haben die Jungen mit ihren echten Zähnen keine Chance!

Dafür können die Jungen spontan herzhaft lachen, ohne dass die Zähne geschlossen bleiben, obwohl der Oberkiefer nach oben schnellt. Kommt bei Gebissen leider manches mal vor.

Selten aber doch kommt es auch vor, dass Gebisse von ihren TrägerInnen (ich gendere noch immer brav und unnötig) verschluckt werden.

Da kann man sich wegen seiner Ungeschicklichkeit dann gleich selber in den Arsch beißen.

Dafür gehören bei Gebissen Zahnschmerzen der Vergangenheit an. Wie so vieles Anderes auch.

Ist mit dem künstlichen Gebiss etwas nicht in Ordnung, gibt man es einfach beim Zahnarzt ab und geht inzwischen gemütlich einen Kaffee trinken.

Ohne Kuchen. Keine Zähne, kein Kuchen. Oder man tunkt ihn in den Kaffee.

Aber wenn man den Kuchen in den Kaffee tunkt, outet man sich wieder ganz offensichtlich als 60++, obwohl man seine Mitmenschen mit jungen Markenklamotten zu täuschen versucht.

Als 60++ muss man immer mitdenken. Auch wenn es immer schwerer fällt.

Möchte man jung wirken, dann immer vorher checken „habe ich meine Zähne im Mund oder nicht".

Als 60++ Dame muss man dann halt mehr die Beine sprechen lassen, um vom Mund abzulenken.

Das Jil Sander-Röckchen ein bisserl höher ziehen, die Beine elegant übereinander schlagen und seine teuren Ergee-Strumpferl herzeigen, die zwar an sich faltenfrei sind, aber dennoch nicht so aussehen.

Liegt vielleicht am Untergrund.

Später die Zahnderl wieder vom Zahnarzt abholen, einsetzen, den Mund grellrot á la Marilyn Monroe schminken und alles ist wieder im Lot.

Man ist wieder zu 100% Österreicherin. Rot-Weiß-Rot. Oberlippe-Zahnderl-Unterlippe.

Was gibt es zum Thema 60++ und Mode noch zu sagen?

Richtig: SCHUHE!

Alter schützt bekanntlich vor Torheit nicht.

Weshalb soll es dann vor dem weiblichen Schuhwahn schützen?

Da werden die armen krampfbeaderten, überbebeinten und behaluxten Fusserl in enge Highheels gezwängt, nur weil Frau glaubt, dadurch jünger auszusehen.

Glaubt mir bitte, meine 60++ Damen. Wenn ihr euren Rollator in Highheels schiebt, schaut ihr genau um nix jünger aus!

Und Highheels am Stock machen auch keinen spitz. Sorry!

Nächstes Frauenthema: HANDTASCHEN!

Natürlich nur von Etienne Aigner, Guess und dergleichen. Man gönnt sich ja sonst nichts.

Auch 60++ Damen haben mehr Kram in ihren Handtaschen, als im Kofferraum meines Autos Platz findet.

Ohne Rollator und Rollstuhl würden die ihre Handtaschen gar nicht derschleppen.

Und was haben die Damen in ihren Handtaschen?

45% des Gesamtsortimentes von Bipa, 45% des Gesamtsortimentes von DM plus die Sachen, die man halt mit 60++ so braucht:

Die Pille. Die gegen Bluthochdruck, nicht die andere.

Windeln statt OB.

Die Seniorencard der ÖBB.

Pensionistenausweis.

Die Rot Kreuz Card.

Den Rollatorführerschein.

Alles in einer Handtasche und alles gleich griffbereit bei der zittrigen Hand.

Ermittlungsakte 11:

60++
und das Frühstück
im Möbelhaus

Frühstück in Aktion um nur € 1,99 im Möbelhaus!

Diesen Text würden sich viele 60++ als Klingelton nehmen, wenn man nur wüsste, wie das mit dem Installieren funktioniert.

Das ist der Weck-und Jagdruf der 60++!

Da muss man zugreifen, ob man will oder nicht. Billiger kann man am Morgen nicht kotzen.

Schon 1 Stunde vor dem Öffnen stauen sich die ersten 60++ beiderlei Geschlechts vor den Geschäftsportalen.

Das sind einerseits jene, die eh an Schlaflosigkeit leiden und daher kein Problem haben, schon so früh auf den krampfbeaderten Beinen zu sein und andererseits sind das die professionellen Frühstücks-Schnäppchenjäger, die so früh als möglich ihr Frühstück schnappen möchten, bevor womöglich der Kaffee alle ist - denn man kann Nachschenken, so oft man möchte.

Da kann es leicht vorkommen, dass die 30 Hektoliter Kaffee schon nach 1 Stunde in den Kehlen der 60++ versickert sind.

Denn jedes Frühstück gibt es nur, so lange der Vorrat reicht.

Außerdem geht es auch um die Sitzplätze. 100 Pensionisten raufen um 40 Sitzplätze.

Da finden ebenso Wunderheilungen statt wie im Supermarkt.

Es wird mit Krücken, Rollatoren, Rollstühlen und ortho-pädischen Schuhen gesprintet, dass Sohlen, Reifen und Krückenstoppel glühen wie die Sonne bei Neapel.

Wer zu spät kommt, den bestraft das Leben....egal, wie lange man dieses schon hinter sich hat.

Also ist auch Teamwork gefragt. Taktik ist alles.

Da gibt es einmal die Ehepartner-Connection.

Egal, wie zerstritten man mit dem Ehepartner ist, beim Frühstück im Möbelhaus herrscht taktische Einigkeit.

Sobald sich die Eingangstore des Möbelhauses öffnen, stürmt der Gatte mit dem Tablett, dass er sich schlauer-weise schon am Vortag mit nach Hause genommen hat, zur prall gefüllten Frühstücksvitrine und holt sich die ersten Frühstücksteller.

Zu gleicher Zeit wackelt seine Gattin mit schwungvollem Armeinsatz zu einem Tisch am Fenster und besetzt diesen für 2 Personen.

Was ihr nicht schwer fällt.

Mit ihrer Hinternfülle könnte sie auch für 4 Personen besetzen.

Wenn schon billig frühstücken, dann auch gleich mit bester Aussicht. Wenn schon, denn schon.

Dann gibt es die Familien-Connection.

Egal, wie man sich gegenseitig hasst, das Frühstück im Möbelhaus schweißt alle wieder zusammen. Zumindest so lange, bis alle ihre 8 Frühstücke haben.

Das System ist ähnlich der Ehepartner-Connection, wenn auch durch die Mehrzahl der Personen etwas ausgefeilter.

Sobald sich die Eingangstore des Möbelhauses öffnen, stürmen 2 Personen zur Frühstücksvitrine, während 2 weitere Personen der Familie den Raum decken.

Kennt man vom Fußball.

Raumdeckung heißt, die nicht zur Familie gehörenden 60++ so lange zu behindern, bis sich die Vitrinen-Gang die Familien-Frühstücke samt Kaffees gesichert hat.

Abdrängen, Schubsen, Rempeln....alles ist erlaubt.

Es gibt weder Schiedsrichter, noch gelbe, noch rote Karten.

Hin und wieder kommt es von besonders fitten Pensionisten auch zu einem „Sliding Tackling" oder zu Kopfstößen a la Zinedine Zidane (wer ihn nicht kennt, soll ihn googeln. Wer nicht googeln kann, soll jemanden nerven, der es kann).

Die restlichen Familienmitglieder besetzen inzwischen so viele Plätze, wie nur möglich. Schließlich brauchen 8 Frühstücke pro Person entsprechenden Platz.

Vielleicht wird es eines Tages nicht mehr ohne Schiedsrichter gehen.

Die verteilen dann vielleicht gelbe Karten für eine Ver-
warnung, blaue Karten für Zeitausschlüsse.

Wer die bekommt, darf sich für 10 Minuten nicht beim
Frühstücksbuffet anstellen.

Und Rote Karten. Die bedeuten Ausschluss aus dem
Frühstücksbereich des Möbelhauses für den betreffen-
den Tag.

Aber das ist Zukunftsmusik. Weiter in der Gegenwart.

Nach 1 Stunde bleibt ein wahres Schlachtfeld zurück.
Berge von Semmelbrösel, Berge von Butterver-
packungspapierln und Berge von geleerten Marme-
ladenverpackungen bedecken Tische und Boden.

Die Semmelbrösel werden von den Angestellten sorg-
fältig zusammengekehrt und in die Küche gebracht, wo
der Koch bereits darauf wartet. Denn zu Mittag gibt es
heute im Möbelhaus Wienerschnitzerl in Aktion um
€ 3,99.

Da gibt es viel zu Panieren.

Oder die Semmelbrösel werden zu Platten gepresst und
daraus Möbel gefertigt, die dann später im Möbelhaus –
natürlich zum Aktionspreis – verkauft werden.

Der Heuschreckenschwarm der 60++ ist inzwischen

weiter gezogen. Wahrscheinlich zu einem anderen Möbelhaus mit Frühstück in Aktion um € 1,99.

Pensionisten sind die Heuschrecken des 21. Jahrhunderts.

Mir persönlich ist dabei eines völlig unverständlich. Wie kann man als 60++ nur so tief sinken, dass einem der Massenkaffee im Möbelhaus schmeckt?

Aber im Prinzip ist es völlig egal, mit was man die 8 Semmerl mit Butter und Marmelade, die man sich durch 8 x Anstellen hart erarbeitet hat, hinunterspült.

Und morgen? Morgen gibt es Möbelhaus Sektfrühstück in Aktion um nur 2,99!

Holladarodullijöj, hicks und kotzvallera!

Ermittlungsakte 12:

60++
und die Hunde

Wer kennt nicht das Klischee: Rentner oder Rentnerin geht mit Hundi Gassi.

Sicher, als 60++ kennt man die Menschen schon so gut, dass man weiß, dass jeder Hund besser ist.

Dennoch hat nicht jeder Rentner oder jede Rentnerin einen Hund. Das kann verschiedene Gründe haben.

Ein Grund könnte sein, dass der Rentner eine noch lebende Frau hat und daher mit „Beißen und Bellen" noch bestens versorgt ist.

Bei Rentnerinnen könnte der Grund sein, dass sie einen noch lebenden Mann haben und daher mit „Lackerln am Boden (meist neben der Klomuschel zu finden) und ausgefallenen Haaren" ebenfalls noch bestens versorgt sind.

Hunde kommen daher in den meisten Fällen nur bei verwitweten und alleinstehenden 60++ vor.

Die können sich damit ihr Leben noch verbessern und haben immer die Garantie, dass man einen Hund, wenn er einem zu viel wird, ins Tierheim geben kann, was beim Ehepartner leider nicht möglich war.

Angeblich ähneln sich dann nach einer bestimmten Zeit Hund und Herrl oder Frauerl im Aussehen immer mehr.

Das ist absoluter Blödsinn!

Haben Sie schon einmal einen Hund mit Lockenwickler gesehen?

Oder einen Hund mit künstlichen Gebiss?

Oder einen Hund mit dicken Tränensäcken und Bartstoppeln im Gesicht.

Das einzige, was Herrchen, Frauerl und Hund oft gemeinsam haben, ist das Essen.

Weil das Hundefutter viel besser schmeckt, als der Fraß, der als „Essen auf Rädern" daherkommt.

Das betrifft allerdings nur das Nassfutter. Das Trockenfutter bleibt dem Hund alleine erhalten, weil es für künstliche Zähne zu hart zu beißen und zu kauen ist.

Daher kommen Ochsenziemer und Rinderpansen ebenfalls nicht auf dem Speisezettel der 60++ vor.

Aber die saftigen Fleischstückerl im Nassfutter, die zergehen auf der Zunge und die hat man nur im Hundefutter und nie im „Essen auf Rädern".

Das „Essen auf Rädern" schmeckt eher nach Ochsenziemer und ist meist auch ebenso hart und zäh....und ebenso kalt, wenn es geliefert wird.

Hundekekse können hingegen ohne Probleme in Kaffee getaucht und genossen werden.

Schmecken wunderbar und wenn man dem Hund alle wegschnabuliert, dann bleibt der Hund (und nur dieser) auch wunderbar schlank.

Damit Herrl und Frauerl nicht zu dick werden, dafür sorgt das „Gassi gehen" mit dem Hund.

Sollte.

Bei dem Tempo, das viele 60++ mit ihrem Hund beim Gassi gehen veranschlagen, braucht sich keine einzige Kalorie davor zu fürchten, verbrannt zu werden.

Die können sich viel eher gemütlich aufeinander legen und so den Umfang von Herrl oder Frauerl ausbauen.

Zwei gemächliche Schritte, dann stehenbleiben und rundum schauen. Dann wieder zwei gemächliche Schritte und wieder rundum schauen. Dann wieder zwei gemächliche Schritte und dann stehenbleiben, durchatmen, um bei der großen Anstrengung wieder zu Luft kommen.

Das wiederholt sich alle halben Stunden.

Hunde werden eingeschläfert, Rentner und Rentnerinnen schläfern sich oft selbst ein....während des Gehens.

Das Hundegacksi bleibt am Gehsteig liegen, denn wie soll man mit den kaputten Bandscheiben da runter kommen, um es aufzuheben?

Die einzige Beschleunigung des Herrls oder Frauerls findet nach dem Hundegacksi statt. Damit man schnell vom Ort des duftreichen Geschehens weg kommt, bevor es jemand sieht.

Das Hundegacksi wird dann von den nachkommenden Passanten stückweise an deren Schuhsohlen entsorgt, indem sie dort haften bleiben, bis sie staubpaniert wieder irgendwann und irgendwo abfallen.

Oder auch nicht.

Bei inkontinenten Personen kann es vorkommen, dass Herrl oder Frauerl beim Gassi gehen öfters müssen als ihr Hunderl.

Deshalb werden viele RentnerInnen-Hundnerln auch mit wasserdichten Hundemäntel bekleidet, damit dem Hund nichts passiert, wenn dem Herrl oder dem Frauerl was passiert.

Das sind die Deckerln mit Köpfen und Beinen, die an einem vorbeizotteln.

Da ist meist ein InkontinzenzrenterInnenhunderl darunter. Sieht man kein Kopferl und keine Beine, dann ist der Hund leider schon verstorben und die RentnerInnen gehen aus Gewohnheit weiter mit der Decke alleine spazieren.

Hundebesitzer und Eltern haben übrigens ein Novum gemeinsam: Beide glauben, dass ihr Hund/Kind gescheiter und braver ist, als alle anderen.

„Mein Hunderl ist soooo gescheit und brav, der legt sich nach dem Essen immer gleich in sein Körberl und macht keinen Mucks mehr.

Na klar!! Ich wäre auch frustriert und deprimiert, wenn mir mein Herrl oder mein Frauerl mein Nassfutter wegfrisst!!

Ich würde mich auch in mein Körberl legen und nachweinen, wie schön es früher war, als mein Fressen noch mir geblieben ist, weil mein Frauerl/Herrl noch gute Zähne hatte.

Nächstes Novum: Mein Hunderl ist soooo brav, der hat mich noch kein einziges Mal gebissen.

Na klar!! Hunde fressen auch nur frisches Fleisch!! 60++-Waden sind eben keine Gustostückerln mehr.

Mein Hund ist soooo gescheit, immer wenn er zu mir kommt, macht er Männchen.

Na klar!! Wenn er Männchen macht, kommt er möglichst weit von den nach Schweiß riechenden Socken weg, die man als 60++ vielleicht wegen der Bandscheiben nicht mehr so regelmäßig wechseln kann.

Vermute ich. Muss aber nicht so sein.

Im übrigen, wenn sie wirklich wissen möchten, wer den gescheitesten Hund besitzt, das bin ich!!

Meinem Hund können Sie in 12 Sprachen Kommandos geben.

Wenn Sie möchten, auch in 15 Sprachen.

Er folgt nämlich sowieso nicht.

So viel zum Thema Hunde.

Hunde, die bellen, beißen nicht.

60++, die bellen, ebenfalls nicht.

Weil sie nicht mehr können.

Ermittlungsakte 13:

60++
und das
Wörtchen „echt"

Es gibt ein Wort, das einem von klein auf das ganze Leben hindurch begleitet und das sich dann, wenn man zu den 60++ gehört, im Sprachgebrauch immer mehr steigert.

Immer, wenn es etwas in Zweifel gezogen wird, taucht das Wörtchen „echt" auf....und wird im Laufe der Jahre vom Freundeskreis in immer wechselnden Zusammenhängen verwendet.

Man kann am Wörtchen „echt" auch genau erkennen, wie sich im Lauf der Jahre die Prioritäten verschieben.

Zum Beispiel, wenn man **20** ist:

Echt? Du hast die Judith gevögelt?

Zum Beispiel, wenn man **30** ist:

Echt, du hast diesen tollen Job bekommen?

Zum Beispiel, wenn man **40** ist:

Echt, du hast diesen Triathlon geschafft?

Zum Beispiel, wenn man **50** ist:

Echt, dir passt die Hose vom Vorjahr noch?

Und mit **60++** steigert sich das Wörtchen „echt" zum Doppelgebrauch in einem Satz:

Echt, du hast noch **echte** Zähne?

Es kann sich aber auch gegenüber den 20iger nur leicht die Fragestellung verändern:

Echt, du hast **echt** noch gevögelt?

Aber das Wörtchen „echt" sorgt das ganze Leben auch für angenehme Erlebnisse:

Echter Cognac, **Echter** Obstler, **Echter** Williams, **Echter** Sherry, **Echter** Whisky.....

Das Wörtchen „echt" kann auch sehr teuer zu stehen kommen, vor allem in Verbindung mit Damen:

Echter Schmuck, **Echte** Pelze, **Echte** Designer-mode....alles **echt** kostspielig!

Das einzig Unechte, das bei Damen dennoch sehr teuer kommt, ist „unechter Busen".

Aber man denke an das Sprichwort: „Bezahle ihr das Silikon, dann hast du täglich mehr davon!"

Ohne Silikon ist sie vielleicht auf und davon. Das wäre doch **echt** schade, oder?

Ermittlungsakte 14:

60++
und Weihnachten

Weihnachten ist immer ein ganz besonderes Fest.

Die ganze Familie samt Verwandten kommt in einem Haus zusammen und alle freuen sich!

Die Gäste freuen sich, wenn das Theater endlich wieder vorbei ist und die Gastgeber freuen sich, wenn das ganze Pack endlich wieder aus dem Haus ist.

Wie gesagt: Alle freuen sich.

Im Mittelpunkt steht der festlich geschmückte Christbaum, wo alles oben ist, was man sich wünscht.

Die Kugeln, die man lieber den Verwandten an den Kopf werfen würde.

Die Schokolade, die man lieber alleine essen würde.

Die vielen Hakerln, die man lieber den Verwandten ins Kreuz pieksen möchte.

Die Kerzen, die man lieber den Verwandten aufs Grab stellen würde.

Vor allem, wenn diese schon 60++ sind.

Erstens wegen der Erbschaft und zweitens wegen der ewigen Besserwisserei.

Wieso habt ihr denn so einen großen Baum? Ein kleiner wäre viele lieber und auch billiger gewesen. So eine Verschwendung.

Wieso habt ihr denn echte Kerzen am Christbaum? Ist ja viel zu gefährlich wegen eines Christbaumbrandes. Und ein kleinerer Baum wäre da auch viel sicherer gewesen, weil der brennt nicht so lange.

Wie so habt ihr denn soooo viele Geschenke für eure Kinder? Ihr dürft die Kinder nicht so verwöhnen, das fällt euch später alles auf den Kopf.

Die Besserwisserei verstummt meist erst, wenn die ganze Gesellschaft um dem Baum versammelt ist, um „Stille Nacht" zu singen.

Und wenn alle singen, herrscht endlich harmonische Einigkeit.

Alle wünschen sich das selbe:

Eine wirkliche „Stille Nacht", in der alle ihre Klappe halten und keiner von der Sippschaft zu hören ist.

Das wären die ersten wirklich schönen Weihnachten!!

Der einzige Moment, an dem alle wirklich die Klappe halten, ist, wenn es das Weihnachtsfestessen gibt, weil da alle ihre Mäuler vollstopfen aus Angst, dass ihnen die Anderen was wegessen könnten.

Jeder stopft in sich hinein, was er kann und was er kriegt.

Das ist gemütlich. Das ist sinnlich. Das ist festlich. Das ist Weihnachten. Das ist Familie.

Nur beim Trinken sind die meisten etwas verunsichert.

Einerseits bräuchte man viel Alkohol, um sich die Verwandten erträglich zu saufen, andererseits möchte man aber um jeden Preis vermeiden, seine Verwandten auch noch doppelt zu sehen.

Furchtbarer Gedanke.

Aber eines steht jedenfalls fest. Für jeden 60++ ist Weihnachten ein ganz besonderes Fest.

Weil man nicht weiß, ob es für einen noch nächste Weihnachten gibt.

Also lässt man am Festtagstisch ganz bewusst und konzentriert noch einmal seinen Blick über die Verwandtschaft schweifen und wenn man sich die Verwandten wirklich ganz bewusst ansieht, hat man plötzlich auch keine Angst mehr vor dem Tod.

Vielleicht freut man sich auf den Tod dann sogar mehr als auf das nächste Weihnachtsfest.

Ermittlungsakte 15:

60++
und die liebe Not

Im Alter verändern sich sehr viele Dinge.

Auch der Harndrang.

Als 60++ mutiert man zum Durchlauferhitzer.

Man trinkt ein Glas kaltes Wasser und 10 Minuten später ist es auf 38 Grad erhitzt und will nach draußen.

Einerseits soll man im Alter viel trinken. Mindestens 2 Liter pro Tag.

Andererseits kommt man dann von der Toilette gar nicht mehr weg.

Bei mir persönlich tritt das Phänomen auf, dass ich pro Tag 2 Liter trinke, aber 4 Liter pinkle.

Wie funktioniert das?

Wo kommen die 2 Liter Überschuss her?

Ist mein Bierbauch in Wahrheit ein Wassertank oder ein Wasserboiler mit wundersamer Vermehrung?

Am besten man trinkt gleich in der Toilette, und am idealsten gleich auf der Klomuschel.

Die Toilette wird im Alter zum wichtigsten und meistbesuchten Raum.

Eine seniorengerechte Wohnung besteht aus einer Wohntoilette mit mindestens 30m2.

Der verstärkte Handrang, nicht zu verwechseln mit In-kontinenz, wo man gar nicht mehr zur Toilette kommt, wird als 60++ zum echten Problem.

Zum Beispiel Kino.

Als 60++ muss man jeden Film mindestens 2x ansehen.

Nicht weil man vielleicht schwer von Begriff ist, sondern weil man mindestens 2 x pro Vorstellung auf die Toilette muss.

Das Versäumte muss man dann mittels eines zweiten Kinobesuches nachholen.

Das gilt auch für einen Theaterbesuch.

Zwei Vorstellungen sind das Minimum, wenn man wirk-lich alles sehen möchte.

Beim Fernsehen zuhause ist es etwas besser. Da sind die Pinkelpausen meist in Form von Werbepausen schon eingeplant.

Der verstärkte Harndrang wird auch bei Urlaubsreisen zum Problem, vor allem im Flugzeug.

Viele Reisende, wenige Toiletten. Viele 60++ setzen sich gleich nach dem Start auf die Flugzeugtoilette und sper-ren sich dort bis zur Landung ein.

Funktioniert nur bei jenen, die noch gut auf den Beinen sind und schnell eine Flugzeugtoilette besetzen können.

Alle Anderen sind arm dran. Vor allem jene, die neben einem 60++ sitzen.

Die Flugzeugindustrie wird hiermit aufgefordert, endlich eigene Seniorenflugzeuge zu bauen!

Klomuscheln statt Sitze bzw. jeder Sitz eine Klomuschel.

Nur so sind für 60++ entspannte Flugreisen möglich.

In der 1. Klasse sind die Klomuscheln gepolstert und mit ebensolchen Rückenlehnen versehen.

In der Touristenklasse muss man sich das Polsterl für die Klomuschel selber mitbringen oder vorher im Duty Free Shop kaufen, was auch deren Umsatz ankurbelt.

Oder auch nicht. Viele 60++ sind naturgepolstert.

Womit wir bei der nächsten Veränderung im Alter angekommen sind.

Bei den Frauen wird der Hintern im Alter meist immer größer, bei den Herren hingegen wird der Hintern immer kleiner.

Der Knackpo wird zur Dörrpflaume.

Der Knackpo ist nur mehr ein Knackpo ohne „n".

Liebe Kinder und Enkelkinder, wenn ihr euren Eltern oder Großeltern wirklich eine Freude machen wollt (kann ja irrtümlicherweise mal vorkommen – zum Beispiel im

Hinblick auf die Erbschaft), dann schenkt ihnen eine Klomuschel in Luxusausführung.

Höher als die üblichen Klomuscheln, damit man sich leichter hinsetzen und leichter wieder aufstehen kann.

Gepolstert, weil es jeder gerne bequem hat.

In der Lieblingsfarbe, weil man so vielleicht bei der Erbschaft besser berücksichtigt wird.

Mit einem Fernseher an der Wand vis a vis, falls einmal ein Geschäfterl länger dauert.

Oder mit Radio. Pinkeln bei der Wassermusik von Händel – ein Erlebnis!

Ermittlungsakte 16:

60++
und die
Selbstbaumöbel

Ruhestand heißt, dass man sich ab diesem Zeitpunkt nicht mehr mit Arbeit quälen und plagen muss.

Außer man braucht Möbel. Dann tritt diese Regel sofort außer Kraft und die 60++ verfallen in einen Zustand, der an das frühere Arbeitsleben erinnert.

Als erstes kommt die Beschlussfassung.

Ehefrau und Ehemann setzen sich an einen Tisch und legen ihre Bedürfnisse klar.

Für die Frau ist es ein Schuhschrank, denn in ihrem jetzigen haben ja nur 100 Paar Schuhe Platz. Viel zu wenig für eine 60++Lady von heute.

Für den Mann ist es ein Relaxsessel, denn im Alter wird selbst das Fußball zuschauen immer anstrengender.

Nach rund 2 Wochen heftigste Diskussion setzt sich der mittlerweile gehirngewaschene Mann durch:

Wir brauchen einen neuen Schuhschrank!!

Die nächsten 6 Wochen vergehen damit, von Möbelhaus zu Möbelhaus zu pilgern und das Passende zu finden.

Das beginnt jeweils mit einem guten Frühstück im Möbelhaus (wurde in diesem Buch schon behandelt), und führt über etliche Sonderangebotsschnitzerl letzlich zum Erfolg.

Der Schuhschrank ist gefunden.

Es folgt die zeitgemäße Hamlet-Frage:

Selbst zusammenbauen oder zusammenbauen lassen?

Das weckt den Ehrgeiz des 60++. Endlich kann er zeigen, was er (noch) kann, was er drauf hat und was er für ein Hammerschraubbohrundzusammenleim-Superman ist:

Natürlich baue ich den Schuhschrank selbst zusammen. Früher mußten wir alles selber machen......blablablabla blablablablablabla.....es folgt eine zweistündige Zusammenfassung der großartigen, handwerklichen Leistungen in den schlechten Zeiten von früher.

Nach drei weiteren Stunden hat man auch das Auslieferungslager des Möbelhauses gefunden, denn der moderne SUV hat zwar ein fix eingebautes Navi, doch dessen Einschaltknopf zählt bis heute zu den unentdeckten Geheimnissen der Weltgeschichte.

Die Gattin legt die mitgebrachten 15 Wolldecken im Kofferraum des SUV aus, damit der schöne Wagen auch im Kofferraum absolut kratzer-und sonstwie beschädigungsfrei bleibt.

Mit vereinten Kräften wird der Karton mit dem zerlegten Schuhschrank in den SUV gehoben, nicht ohne die auch bereits in diesem Buch an anderer Stelle erwähnten Nebengeräusche.

Danach werden die gequälten Bandscheiben ebenfalls im SUV verfrachtet und es geht ab nach Hause.

Dort erwartet den Bandscheiben der 60++ ein weiteres Waterloo: Der Schuhschrank muss in das Haus.

Doch dieses Waterloo bleibt den Bandscheiben erspart.

Der Schuhschrank wird in Salamitechnik ins Haus getragen.

Der Karton wird noch im SUV geöffnet und jedes einzelne Stück wird extra ins Haus gebracht und gleich am Wohnzimmerboden ausgelegt.

Dazu sind gezählte 58 Schuhwechsel notwendig, denn „mit den Straßenschuhen gehst du mir nicht ins Haus!" (Originalzitat Hausfrau).

Also mit den Straßenschuhen und dem Möbelteil bis zur Haustüre, Möbelteil absetzen, Straßenschuhe ausziehen, Hauspantoffel anziehen, Möbelteil aufnehmen, ins Wohnzimmer tragen, absetzen, zurück zur Haustüre, Pantoffel ausziehen, Straßenschuhe anziehen, nächsten Möbelteil holen, damit bis zur Haustüre gehen, absetzen, Straßenschuhe ausziehen, Pantoffel anziehen und so weiter und so weiter und so weiter.....

Uff!

Das Staubsaugen, wenn man mit den Straßenschuhen ins Haus gegangen wäre, hätte sicher weniger Zeit beansprucht, als die 58 Schuhwechsel, aber wer kennt so ein Rhetoriktalent, der das einer Frau klar machen kann?

Ich nicht!

Im an diesem Tag glücklicherweise hell strahlenden Schein des Mondes wurde das letzte Möbelteil aus dem SUV ins Haus gebracht und das 60++-Ehepaar fällt erschöpft in das vor 10 Jahren ebenfalls mühsam selbst zusammengebaute Bett.

Am nächsten Tag der große Tag: Zusammenbautag!!

Stück für Stück sortiert der 60++ Doityourself-Tischler die mitgelieferten kleinen, mittleren, großen, kurzen, mittellangen und langen Schrauben, die kurzen, mittellangen und langen Dübel und die sonstigen kleinen, mittelgroßen und großen Klein,-Mittel-und Großteile.

26 deftige Flüche später stürzt die Gattin ins Zimmer: „Was schimpfst denn so?"

„Jetzt habe ich schon meine stärkste Lesebrille auf und kann diese blöde Aufbaubeschreibung noch immer nicht lesen!"

„Du hast auch die polnische Version ausgeklappt, hier ist die deutsche!"

„Ach so. Also Schatz, wenn ich dich nicht hätte".

Und schon hatte er sie nicht mehr, denn beim Umdrehen rutschte sie auf den ausgelegten Klein,-Mittel-und Großteilen aus und verschwand wenig später im Schlund eines Notarztwagens Richtung Krankenhaus.

Er hatte keinen weiten Weg, seine Gattin zu besuchen, denn er durchbohrte sich kurze Zeit später mit dem Schraubenzieher seine Hand, kam ebenfalls ins Krankenhaus und lag im Nebenzimmer.

Diese Art Unfall wird in der Chirurgensprache auch „Heimwerker-Piercing" genannt.

5 Wochen später waren beide wieder zuhause.

Der Schuhschrank auch noch.

Der 2. Versuch, denselben zusammenzubauen, brachte den umliegenden Drogeriemärkten und Apotheken unvorhergesehene Umsatzzuwächse.

Heftpflaster, Desinfektionsmittel und Wundsalben waren nahezu ausverkauft.

Aber 60++ sind zäh, sonst wären sie keine 60++ geworden.

Es war fast der Jahrestag des Kaufes, als die Montage des Schuhschrank beinahe fertig war.

Beinahe. Denn wenn der Teufel Junge hat, hat er gleich sieben.

Oder einen Hund.

Und dieser zerlegte über Nacht die zur Montage bereit gelegten Türen zu Brennholz, das bei einer Ölheizung überhaupt nicht zu gebrauchen ist.

Aber 60++ haben schlechte Zeiten durchgemacht und sind daher flexibel.

Trotz aller Schwierigkeiten und Probleme und dank der Gebiss-Haftcreme, die den mittlerweile eingetrockneten Holzleim ersetzt hat, ist der Schuhschrank nun endlich fertig:

Er ist ein wunderbares **Bücherregal** geworden!!

Ermittlungsakte 17:

60++
und Jerry Cotton

Alle 60++ Männer sind mit ihm aufgewachsen – mit Jerry Cotton, dem legendären New Yorker G-Man mit seinem roten Jaguar E.

Er war der „Groschenroman-Held" schlechthin.

Er war stark, er war unbesiegbar, er war unbestechlich. An letzterem bemerkt man schon, dass es sich nur um einen Romanhelden handeln kann.

Er war das Vorbild vieler 60++ Männer.

Er rauchte eine Camel nach der anderen und hatte dennoch immer eine Top-Kondition.

Wir rauchten auch eine Camel nach der anderen und wir mussten kotzen.

Er trank lässig Whisky und hatte dennoch immer einen klaren Kopf.

Wir tranken lässig Whisky und waren sternhagelvoll.

Er schenkte den Girls ein kleines Lächeln und schon waren sie in seinem Bett.

Wir schenkten den Girls ein kleines Lächeln und sie waren auf und davon.

Er bekam von Helen, der Sekretärin seines Chefs den besten Kaffee der Welt.

Wir bekamen von unserer Mutter den schlimmsten Kakao der Welt.

Wir vertrösteten uns auf später, denn wenn wir erwachsen sind, dann vertragen wir auch die Camel, den Whisky und dann steigen auch die Girls zu uns in den roten Jaguar.

Bei mir hat sich eigentlich nichts davon verwirklicht.

Ich hasse Zigaretten, ich hasse Whisky, ich fahre einen blauen Fiat Panda und zu mir steigt nur meine Frau.

Das einzige, was ich von meinem Romanhelden Jerry Cotton leicht verwirklichen könnte, ist, dass ich irgendeinem unsympathischen oder kriminellen Menschen einen Kinnhaken verpasse, dass sein Kopf 14 Tage lang „Alle Vöglein sind schon da.." singt.

Dazu hätte ich manchmal wirklich Lust.

Aber das erlaubt leider die Polizei nicht. Staatsanwälte und Richter haben auch etwas dagegen. Also falle ich um dieses Vergnügen zwangsläufig um.

Aber unser Romanidol Jerry Cotton darf das....und er darf das noch immer!

Noch immer rast Jerry Cotton mit seinem roten Jaguar durch New York, verfolgt Gangster über Feuerleitern und Dächern, springt aus Fenstern, streckt Gangster mit Kinnhaken nieder oder lässt sie mit Judogriffen auf den Boden krachen. Noch immer lässt er sich aus fahrenden Auto fallen, springt aus Hubschraubern und schießt den Mafiabossen aus 100 Meter Entfernung das linke Ohrläppchen ab.

Und das mit knapp 80 Jahren!!

Rechnen Sie mit: Ich war damals 15 und Jerry Cotton so um die 30.

Ich bin heute fast 65 (eigentlich erst fast 64, aber mit 65 lässt es sich leichter rechnen), also müsste Jerry Cotton jetzt so um die 80 sein.

Und mit knapp 80 so eine Fitness!!

Das nennt man ewige Jugend!!

Jerry Cotton ist und bleibt ein echtes Vorbild!

Anmerkung:

„Stehenbleiben oder ich werfe dir meine Krücke ins Kreuz" würde sich in einem Roman auch nicht so gut ausmachen.

Ermittlungsakte 18:

60++
und die
Zukunftsaussichten

Dieses Thema betrifft eigentlich die noch nicht 60++, denn die einzige Zukunftsaussicht der 60++ ist die Wiedergeburt.

Falls es diese nicht gibt, dann war es das.

Aber welche Zukunftsaussichten haben die heute Jüngeren?

Ohne Sport vermutlich keine. Denn nur wer vernünftig lebt und sich in Schuss hält, wird überhaupt das Pensionsalter erreichen.

Arbeiten bis 70 steht schon längst in den Absichtserklärungen verschiedenster Politiker und Pensionsforscher.

Die müssen dann zwangsläufig zu einem Peter Kraus, Heino oder Jürgen Drews mutieren. Die gehen nie in Pension. Nicht mal mit 70.

Bei diesen Sängern weiß man nie genau, ist das noch ein Hüftschwung oder bereits ein Schwächeanfall. Oder Parkinson.

Tony Marshall und Roberto Blanco sind schon weit über 70 und grinsen immer noch stundenlang breit über ihr ganzes Gesicht.

Totenstarre zu Lebzeiten.

Die Zukunftsaussicht heißt also: Arbeiten, bis man umfällt....oder von einem Klavier gestützt wird, wie seinerzeit Juppi Heesters.

Aber lieber bis 70 und 70++ arbeiten, als arbeitslos.

Jetzt schütteln alle Österreicher den Kopf. Hier lautet die Zukunftsaussicht anders: Lieber ab 20 arbeitslos und bis über 70 pfuschen. That's life!

Deswegen ist für die Regierung in Österreich die Vollbeschäftigung auch nebensächlich.

Da liegt Österreich weit hinter Bangladesch.

In Bangladesch gibt es die absolute Vollbeschäftigung!!

Zumindest für Kinder.

Die müssen dort 18 Stunden pro Tag arbeiten. Das macht Sinn. Die Kinder in Bangladesch haben keine Zeit zum Komasaufen.

Das ginge sich überhaupt nicht aus. 18 Stunden arbeiten, 5 Stunden schlafen, bleibt 1 Stunde. Von der kommen noch aufs Klo gehen und essen weg, da geht sich Komasaufen beim besten Willen nicht mehr aus.

Handy brauchens auch keines, weil sie eh nie lesen gelernt haben.

Das spart den Elten viel Geld. Daher kriegen diese auch gleich gar keines. Das ist eine runde Sache, oder?

Daran kann sich die EU ein Beispiel nehmen. Aber ich fürchte, die tun das eh schon.

Die Menschen bekommen für ihre Arbeit kontinuierlich weniger Lohn. Nicht direkt, aber dank Euro ist es so.

Die 60++ ohne Alzheimer werden sich noch erinnern können: Was hat man früher für 500 Schilling noch alles einkaufen können!! Das Einkaufswagerl war bis oben hin zum Bersten voll.

Heute? Für umgerechnet 37 Euro kriegens nicht einmal das kleine Körberl vorne am Rollator voll.

Da kriegt man gerade das Kukident für das Gebiss und ein paar Kornspitz, sofern das Kukident hält.

Die Leute müssen heute sparen, wo es geht. Vor allem die 60++.

Außer beim Auto. Da sparen die 60++ nicht. Da muss einfach ein voluminöser SUV her! Das ist man den Nachbarn einfach schuldig.

Wie sieht denn das aus, wenn man mit einem Fiat Panda, so einer Pensionistengelse herumfährt? Das hat man sich als Pensionist einfach nicht verdient.

Auch wenn man mit dem SUV nur tanken, einkaufen und zum Arzt fährt, weil der Sprit zu teuer ist.

Und nur Schrägparkplätze nützt, weil man mit dem großen Kübel nicht einparken kann.

Der Hauptgrund, weshalb so viele Pensionisten SUVs kaufen, ist natürlich nicht der Autokonkurrenzkampf mit dem Nachbarn, sondern einzig und allein das bequeme Ein-und Aussteigen.

Eine mit Kalk gefüllte Wirbelsäule krümmt sich nicht mehr so leicht wie zu Berufszeiten, wo man ständig vor dem Chef buckeln musste. Da blieb sie elastisch.

Musste sie auch sein, sonst hätte man auch nicht in so viele Hintern hineinkriechen können. Man glaubte oft gar nicht, dass da überhaupt ein Rückgrat vorhanden war.

Aber in der Pension bleibt die Wirbelsäule unbewegt. Daher braucht man SUVs.

Schauen Sie einmal vormittags auf den Supermarkt-Parkplatz. Da stehen die SUVs der Pensionisten aufgereiht, wie die falschen Perlen an den Perlenketten ihrer Frauen.

Die Frau geht einkaufen, der Mann bleibt stolz in seinem SUV sitzen und schaut und schaut und schaut....bis die Frau wieder zurückkommt.

Möglichst in der ersten Parkreihe, man will ja schließlich von möglichst vielen Leuten in seinem SUV gesehen werden, wenn der Kübel schon so teuer war und die ganze Abfertigung draufgegangen ist.

Unbeweglich sitzen die 60++Männchen in ihren SUVs auf dem Supermarkt-Parkplatz.

Unbeweglich, bis ein hübsches Haserl vorbeigeht. Dann bewegt sich das frisch halswirbelsäulentherapierte

Köpferl in die beste Sichtposition, während sich in den Mundwinkeln leichte Tröpferl von Speichelfluss sammeln.

In Gedanken wird die Gattin sofort gegen das hübsche Haserl eingetauscht und der mentale Orgasmus geht oft in eine leichte Herzattacke über, die aber sofort wieder vom Schock des Anblicks geheilt wird, wenn die Gattin an die Autoscheibe klopft.

Also ein SUV muss sein, das haben wir gerade erörtert. Wenn man als 60++ schon keine Zukunftsaussichten hat, dann wenigstens eine schöne Aussicht aus der überdimensionalen Windschutzscheibe.

Wo also dann sparen?

Eher schon beim nächsten Urlaub. Aber ganz geheim, damit die Nachbarn nichts bemerken.

Wie geheimes „Urlaubssparen" funktioniert?

Ganz raffiniert. Man geht in ein Reisebüro und bucht 3 Wochen Karibik. Die Buchungsbestätigung wird umgehend in der nächsten Kopieranstalt kopiert und die Reise danach sofort wieder storniert. Ein Storno am selben Tag bleibt meist gebührenfrei.

Die kopierte Reisebestätigung wird dann den Freunden, Verwandten, Bekannten und Nachbarn gezeigt. Manche verlieren sie auch (natürlich völlig unbeabsichtigt) im Stiegenhaus oder im Stammcafe.

Zur angegebenen Reisezeit verschwindet die ganze Familie dann unauffällig im Keller und verhält sich völlig ruhig, damit alle denken, man ist verreist.

Täglich werden dann auf Facebook vom Internet heruntergeladene Karibik-Fotos an die „Freunde" verschickt und jeden 2. Tag schleicht man sich ganz spät in der Nacht vom Keller ins nächste Münz-Solarium, damit nach den 3 Wochen angeblichen Karibikurlaub die Farbe stimmt.

Wo wir wiederum an einem ermittlungswürdigen Punkt angekommen sind. Alle schimpfen auf die Schwarzen, aber jeder möchte schön braun sein. Verstehen Sie das?

Zurück in die Zukunft. Zurück zum Sparen.

Der Überdrüber-Spartipp für die Zukunft ist übrigens, wie könnte es anders sein, von der EU gekommen.

Da hat allen Ernstes ein EU-Grande zum Thema „Ressourcen sparen" gemeint, man könnte viel Wasser sparen, wenn man beim Duschen gleichzeitig auch Pinkeln würde.

Kein Spaß, das war ernst gemeint. Da gibt es in der EU einen aufgeblähten, stark überbezahlten Abgeordneten- und Beamtenapparat, der nach wahrscheinlich jahrelangen, zähen Verhandlungen zu folgendem Ergebnis kommt:

Wer die Zukunft retten möchte, soll in die Dusche oder Badewanne pinkeln!

Superidee, oder?

Dafür zahlt man gerne Jahr für Jahr etliche Milliarden in die EU-Kasse.

Wie soll so ein Tipp zum Beispiel in Seniorenheimen funktionieren, wo man im Schnitt nur alle 3 Tage gewaschen wird?

So lange kann kein Mensch das Pinkeln zurückhalten, schon gar nicht als 60++, wo man eh schon mit der Inkontinenz zu kämpfen hat.

Da müssten sich die Leute dann 35x pro Tag duschen, weil sie so oft pinkeln müssen. Das spart kein Wasser und strapaziert nur Haut.

Aber 60++ sind findige Leute. Die haben den Tipp einfach umgekehrt. Sie duschen beim Pinkeln!!

Zumindest für die untere Körperhälfte klappt das tadellos.

Wenn ich eingangs erwähnt habe, dass die einzige Zukunftsaussicht der 60++ die Wiedergeburt sei, so stimmt das natürlich nicht ganz.

60++ haben sehr wohl Zukunftsaussichten:

Schlaganfall, Herzinfarkt, Parkinson sind nur einige davon. Aber das vergisst man dank Alzheimer Gott sei dank im Alltag, sonst würde man noch depressiv.

Schlaganfall ist die späte Rache der Ferkel und Schweine, die wegen Schnitzel, Schweinebraten, Grammelschmalz, Brettljause und so weiter dahingemetzelt worden sind.

Herzinfarkt detto. Das Fett verstopft die Arterien und nicht einmal ein Doppelliter Obstler kann da noch was auflösen, obwohl es viele tagtäglich aufs Neue versuchen.

Für Schlaganfall und Herzinfarkt hätte ich von der SOKO 60++ also schon die Täter ermittelt.

Die Schweinderln.

Aber die sind für ihre Taten leider nicht mehr belangbar, weil schon lange verdaut.

Vielleicht sitzen sie auch im Schweinehimmel und freuen sich auf ihre Wiedergeburt.....als Pute oder Kuh.

Alzheimer ist von allen Alterskrankheiten vielleicht noch die angenehmste, weil man selber nichts davon mitkriegt.

Man ist völlig frei im Kopf und die Angehörigen haben das Malheur. Aber dafür kriegen sie ja später das Erbe.

Oder auch keines. Dann haben sie aber auch kein Malheur mehr. Ist auch was wert.

Die größten Zukunftsaussichten hat man noch mit Parkinson. Man kann noch Barkeeper werden.

Parkinson ist allerdings sehr anstrengend. Man ist immer in Bewegung.

Außer der Ottfried Fischer. Der bewegt sich nicht einmal mit Parkinson.

Als 60++ bekommt man auch sehr viele Rosen.

Keine duftenden, aber dafür ewig haltende, wie z.B. Neurosen, Arthrosen und Gürtelrosen.

Duftende Rosen gibt es erst wieder, wenn man tot ist.

Auf das Grab. Vielleicht. Wenn sie irgendwo im Angebot sind.

Wenn man hoffentlich tot ist. Ich habe große Angst davor, scheintot begraben zu werden.

Stellen Sie sich einmal vor, Sie liegen hilflos 2 Meter unter der Erde im engen Sarg und wissen, dass ihnen die Pensionsversicherung da oben gerade die Pensions- zahlungen einstellt.

Sie wissen, dass da oben im Kühlschrank noch ein köst- licher Schweinsbraten liegt und die Flasche mit dem Zirbenschnaps noch halb voll ist.

Sie wissen, dass da oben noch unzählige Angehörige und Verwandte herumlaufen, die Sie noch ärgern könnten.

Wahre Horror-Visionen!!

Aber noch leben wir ja über der Erde. Gott sei dank! Mit Zukunftsaussichten.

Inkontinenz ist übrigens auch eine Zukunftsaussicht der 60++, die fast jeden trifft.

Früher, später oder noch später.

Bei der Krankenkasse wurde jetzt eine eigene Inkontinenzberatungsstelle eingerichtet.

Das ist sehr nett, aber ich schaffe es nie bis dort hin.

Wenn ich mit der Straßenbahn zur Krankenkasse fahren möchte, muss ich nach 3 Stationen schon wieder mit dem Taxi nach Hause fahren.

Doppelter Fuhrlohn wegen der Flecken am Sitz.

Inkontinenz ist teuer.

Alt werden ist generell teuer.

Man braucht immer mehr: Brillen, Hörgeräte, Rollstühle, Rollatoren, Gebisse, Therapien, Medikamente und, und, und......

Eigentlich müsste die Pharmaindustrie die 60++ sponsern, weil die verdienen am meisten mit den 60++.

Im Gegenzug bieten die 60++ Werbeflächen an Rollator und Rollstuhl, Werbeaufschriften an den Krücken, Werbepickerl an den Rheumawesten usw.

Apropos Rollator und Werbung. Sie dürfen nicht alles glauben, was ihnen die Werbung vorschwindelt.

Wenn ihnen ein Energydrink vorgaukelt, er würde Ihnen Flügel verleihen dann glauben sie das bitte nicht!

Sie werden ihren Rollator oder Rollstuhl nicht los und wenn sie täglich einen Kanister davon saufen.

Die Flügerl kommen erst, wenn sie Richtung Himmel unterwegs sind.

Sofern Sie zu Lebzeiten brav waren. Sonst geht's zum Wolfgang Petry: „Hölle, Hölle, Hölle....“

Soweit also meine Ermittlungsergebnisse zum Thema „Zukunftsaussichten“.

Aber kein Grund zum Verzweifeln, im Gegenteil:

Man darf sich den Zukunftsaussichten nicht ergeben, man muss ihnen trotzen!!

Gönnen Sie sich jeden Tag etwas Gutes, leben Sie jeden Tag bewusst und intensiv, dann hat man auch als 60++ noch ein wunderschönes Leben voller glücklicher Momente!!

Und lebt noch lange.....auch wenn es dem Finanzminister und der Pensionskasse nicht gefällt.

DANKESCHÖN !

Mein ganz besonderer Dank
gilt

RK•DESIGN
Richard Klingenbrunner,

der das wunderbare Cover
für dieses Buch
gestaltet und mich damit
wirkungsvoll unterstützt hat.

BITTE

Wenn Sie Lust haben, schreiben
Sie mir bitte Ihre Meinung über
dieses Buch.

Als Autor ist jedes Feedback
wichtig für mich.

walter@wemmer.at